目次

松本城近辺 旧町名マップ

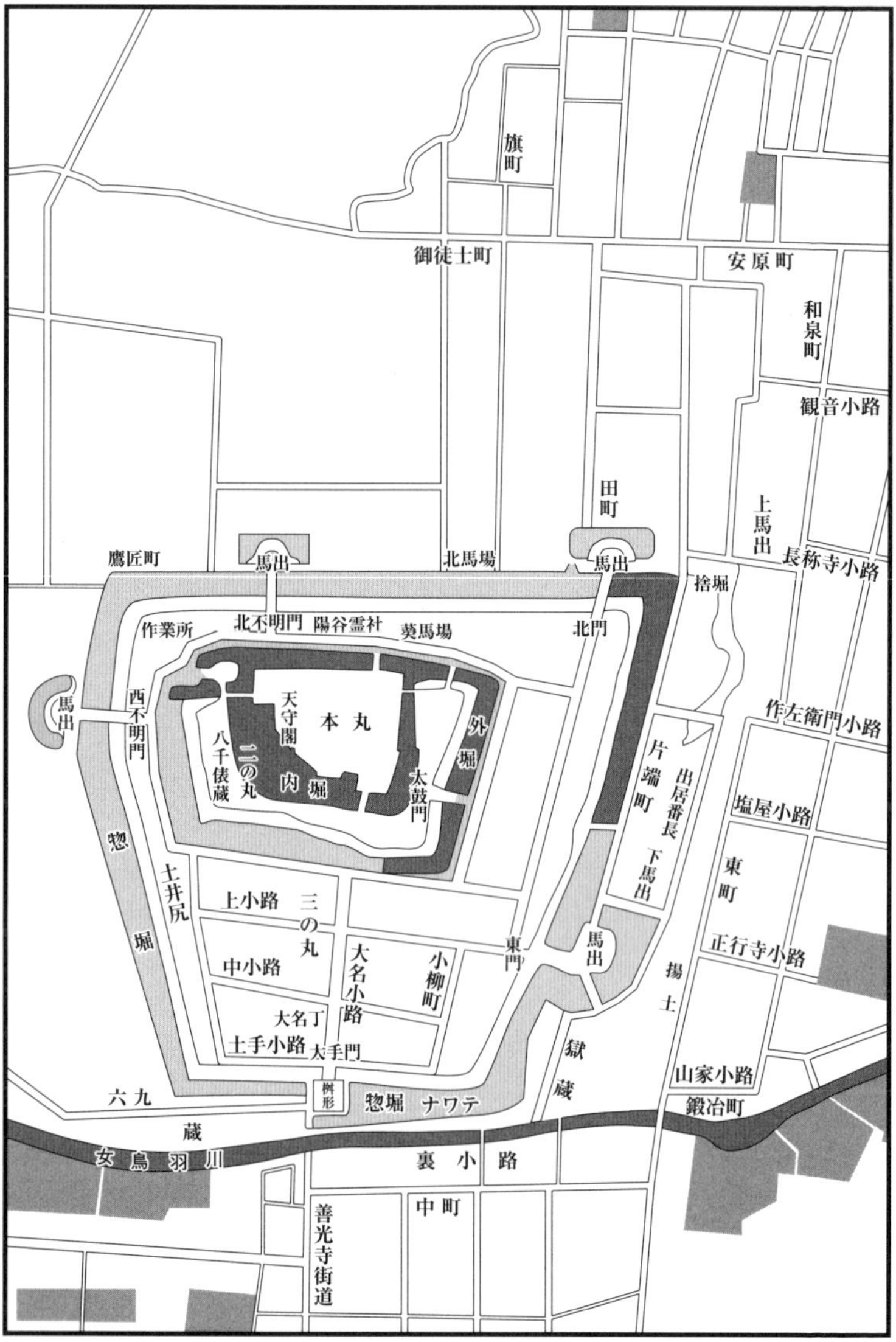

1　起点

千曲《ちくま》が来ない。

約束の時間を三〇分も過ぎている。炎天下、紫外線が何万本もの微細な針のように肌を突き刺す。足元は砂利《じゃり》、これ以上なく熱せられた石ころが放射する熱が空気を揺らめかせている。待ち合わせ場所としては最悪のチョイスだ。

俺は松の木に寄りかかり、千曲を待っている。猛暑のせいか松くい虫にやられてでもいるのか、松は変色して枯れ上がっている枝も多く、あまり日陰は期待できない。だがほかに陽射しを避けられそうなものもなく、ひたすら耐える。来ない。手にした文庫本にぽたりと汗が落ちた。眩《まぶ》しすぎる陽射しに活字が白飛びする。時間つぶしに読書をするような環境ではない。目が痛い。背中も痛い。

まだか、千曲のやつ。呼び出しておいて遅刻とはいい度胸じゃないか。

きっと足取りが重くなるような結果だったに違いない。そうでないのなら、裁判に勝った原告団よろしく意気揚々と通知を掲げてやって来ているはずだ。

悪い宇宙人が太陽系ごと地球をリサイクルボックスにぶち込んだところで、俺は読書を断念した。文庫本を尻ポケットにねじ込み、顔を上げたとき、

「巾上《はばうえ》君、危ない！」

叫び声と同時に、力いっぱいタックルされた。

したたか膝小僧を打ち据《す》え、砂利が手のひらにめり込む。

「千曲、おま——」

俺に馬乗りになっている制服姿の女子高校生を肩越しに睨みつけたのと、その背後で松の枝が根元から折れてばさっと落下したのは同時だった。

「ふいー、間一髪。危なかったねえ、巾上君」

紅潮した千曲の顔と砂利の上に横たわる太い枝とを呆然と見つめること一〇秒、やっと俺に口を開く余裕がうまれた。

「そこをどけ」

「枝がね、わっさわっさ揺れててね、なんだろうね地震かな、はーびっくりした」

「いいから立て。そしてよく見ろ」

落ちたのは俺が寄り掛かっていた松の隣の木の枝だ。それは千曲がまっしぐらに走ってきたであろうルート上にある。

「おまえな、人の心配をする前に自分の心配をしろよ。そんなんだからご両親も気が気じゃない

んだよ」

そこへ公園管理のおじさんだか市の職員だかがやって来て、千曲は俺の小言から解放された。事故の状況を説明する千曲はなぜか得意満面で、おじさんが、あ、もう結構です、と言うまで弁を振るった。ここまで来るともう、どう考えても引き延ばしにかかっているとしか思えない。

「さて、例のものを見せてもらおうか」

なおも事故現場に固執する千曲を引きはがし、そう切り出した俺に返ってきた答えは、推測を裏付けるものだった。

「ひー、あっちいねー。涼しくて見晴らし良好の物件でも見に行かない？　こっちこっち」

誤魔化《ごまか》そうったってそうはいくか。

臙脂色《えんじいろ》のミニスカートをひるがえし走り出す後ろ姿をじっとり睨む。

赤い巾着《きんちゃく》を振り回し砂利道をスキップで行く千曲は、やらかした人間がそうするように過剰な笑顔をふりまいている。高校の制服を着ていなければ、はしゃぎすぎてすっ転ぶ寸前のガキそのものだ。

「せっかくだから。行こうよ見ようよ登ろうよ」

「そうじゃないだろ。往生際が悪いぞ」

「え、巾上君、登ったことあるの？」

「ないけど」

「じゃあちょうどいいじゃんね」

こら待て。そう俺に言わせずに、千曲はさっさとチケットを受け取って黒門をくぐった。どうしますかと無言の圧力が漂うカウンターに千円札を差し出し、しかたなく観覧券を購入する。ああ、生活費が。ああ、バイト代が。

振り返ると、今渡ってきたばかりのお堀の水面を鯉の尾びれが叩いていた。その波紋があっけなく消えていくように、月謝二万円のために流した汗と時間が無に帰《き》そうとしている。

観覧料と俺とを飲み込まんとしている黒門を見上げる。漆喰《しっくい》に黒い瓦《かわら》、巨石から成る石垣に支えられたいかつい門だ。その奥におわします、かつての権力の象徴、四〇〇年という歴史の重み、市内きっての観光の目玉、まあなんでもいいけど、とにかく文化財だ、そいつを守らんと踏ん張っている。

市街地のどまんなかの史跡といえば、のぼり旗が林立していたり土産物屋が軒を連ねていたりソフトクリームの巨大ダミーが道を塞いでいたりしそうなものだが、そんなものはいっさい見当たらない。もしあったのなら、じゃあ俺はそこの甘味処で本でも読んでるよと言えるのに。

あきらめて黒門を抜けると、目の前にそれが現れた。

国宝、松本城。

五層の大天守《だいてんしゅ》は、三層の小天守《こてんしゅ》を北西に、ふたつの櫓《やぐら》を南東に従え、盛夏の青空に背筋を伸ばしていた。

うん、なるほどね。立派なもんだ。

それ以上の感想を求められたとしたら、小声でこう付け加えざるを得ない。思ったよりこぢんまりしてるのな。

本丸跡だという芝地の先にそびえる天守閣をカメラに収める観光客や、千曲のような地域密着型歴史オタクの胸中にはもっと別の感慨が湧き上がっているのかもしらんが、俺は松本城との接点をほとんど見いだせない。

学力と経済的な理由で地元を離れて地方国立大学に通う身としては、愛着と興味を持てないとしても責められるいわれはないんじゃないかと思う。俺の専門は経済学で、来年には（たぶん）卒業して松本を離れる予定なのである。

そして千曲も松本を離れる身だ。うまくいけば。

矢諸千曲《やもろちくま》、高校三年生。進学をひかえた夏休み。同級生がこぞって予備校の夏季講習に身を投じるのをよそ目に、毎日元気に市内言い伝えゆかりの場所巡りに繰り出すお気楽者だ。昨日は泣き別れの坂、今日は首洗《くびあら》い川、明日は義民塚《ぎみんづか》と、松本盆地狭しと歩きまわっている。業《ごう》を煮やしたご両親に予備校の申込書を顔面に叩きつけられてもしかたない。申込書をくしゃくしゃに丸めた千曲は対案で抵抗した。予備校より家庭教師のほうがまだマシ。で、白羽《しらは》の矢が立ったのが俺、巾上岳雪《はばうえたけゆき》だ。

そりゃありがたかったさ。生活費を捻出するために就活のあいまをぬってバイトにあけくれる貧乏学生には願ってもない話だ。たまたま同じスーパーでバイトしているというだけで、家庭教師の声がかかるなんて。

千曲の魂胆はミエミエだ。俺ならさぞゆるゆるのなまくら監視役になると思ったんだろう。腹立たしい。腹立たしいが、俺だって自分がカリスマ講師になれるような気はぜんぜんしない。家庭教師のノウハウだってさっぱりだ。

お気楽娘が連れてきた貧相な大学生を見て苦笑いを浮かべたご両親に、俺はこう提案した。次の模試で志望大学A判定がとれなかったら、自分のことはクビにして娘さんを予備校に入れることをおすすめします。

その一言で、俺は千曲の両親の信頼を得た。いさぎよい若者じゃないか。これは頼もしい。今度は俺が苦笑いを浮かべる番だった。

信頼を勝ち得ることができなかった相手は、千曲のばあちゃんだ。ばあちゃんは徹頭徹尾《てっとうてつび》、俺を嫌っている。かつて蚕小屋《かいこごや》だったという離れに住んでいて顔を合わせる機会なんかなさそうなもんなのに、俺が千曲の家を訪ねる時間帯には必ず庭いじりをしていて、どこの馬の骨ともわからない若造にひとことふたこと言ってやらないと気が済まないらしい。

おぞいなりしてるじゃねえか、鏡を見るずくもないだかや、信州大学だかなんだかいばりほうけいばって見ぐさいこと言うずらに、まーずへえいけねえ。

そして節分の豆まきよろしく摘果《てきか》したりんごを投げつけてくる。

意味はわからない。どうやらばあちゃんは俺の家庭教師としての資質を問題にしているのではないようだ。信州大学に関係するすべてを憎悪しているらしいという事実を汲《く》み取るのが関の山だ。

一度なんかえらい目にあった。

「千曲、いいもんくれるでこっち来ましょ」

と言って、庭先で千曲を呼び止めた。そのとき運悪く家庭教師にやって来た俺もそこにいた。

ばあちゃんは俺を見て露骨にいやーな顔をしたものの、「そうだ、巾上君に見せてあげるよ。うちのとっとき」と俺を誘う千曲を押し止めるようなことはせず、離れの戸を開けた。

まあ、ちょっとばかり散らかったふつうの家だ。もとの建物にだいぶ手を加えたという話のとおり、居間があってお勝手があって奥にもう一部屋か二部屋。問題はその奥の部屋にひそんでいた。

ばあちゃんが引き戸を開けると、そこは昆虫の小国家だった。

漂白剤で脱色したような、生《なま》っ白《ちろ》い芋虫がうようようようよ。木箱にびっしり。敷き詰められた葉っぱの上をのたくり、腹に生えた短い足をもぞもぞさせ、ひたすら葉を食《は》んでいる。もぐもぐ。うようよもぐもぐ。

「ほら、これ、うちのお宝だよ」

満面の笑みの千曲から、そのなかの一匹を手渡された。

声にならない悲鳴とはまさにあのこと。

さらにばあちゃんもしでかしてくれた。

「ほんで、これがうちの神さまだじ」

蛾《が》である。

三センチくらいのもっさりした白い蛾を、俺の鼻の頭にとまらせたのだ。

そのあとのことは思い出したくない。

「お守りをくれるで」と、ばあちゃんは白い繭《まゆ》をふたつ、千曲のためにセレクトした。「繭になったきり、出てこようとしないだ」

それってなかで死んでるんじゃ。とは思ったが、千曲は意に介さずに大喜びした。繭を握りしめてぴょんぴょん跳ねる。

「お蚕さまだーお蚕さまだー」

虫の死骸を貰って嬉しがる女子高校生ってどうよ。俺は女子高校生をしたことがないからわからないが、同学年の男子が思うであろうことはわかる。一言、ありえねー。

なんでも、矢諸家に伝わる逸話があるんだそうだ。

むかしむかし、その昔。経済的に行き詰まった矢諸家の祖先が、それでも田畑だけは手放すまいと家財道具を片っ端から売り払ったことがある。そのなかには当時最先端の養蚕《ようさん》道具も含まれていて、蚕そのものも例外ではなかった。泣く泣く生まれたばかりの蚕の卵までも売り飛ばして、しかし売れ残ったものがあった。羽化《うか》しない繭ふたつ。矢諸家のご先祖さまはそれを手元に置いてかつての隆盛を思い出すよすがにしていたが、翌年の春、あらびっくり、お蚕さまが羽化なすった。しかも都合よくオスとメスじゃございませんか。

羽化したお蚕さまはさっそくおまぐわいになりあそばして、卵をひりだしなさった。これを機に矢諸家は再び養蚕をはじめて、貧困生活から脱出したそうな。それ以来、矢諸家では羽化しない繭をお守りにする風習が残ったのじゃった。とっぴんぱらりのぷう。

千曲の解説はもう少し教訓をともなっていた。

「お蚕さまってのは、幼虫のときに蓄えた栄養だけで繭をつくって蛹《さなぎ》になって羽化するんだよ。だから満タンにした栄養を繭のなかで全力で使うの。そのためには幼虫時代に一生懸命蓄えなさいよっていう、そういう教訓だね」

って、おまえが言うな。

ばあちゃんは箪笥《たんす》の抽斗《ひきだし》をごそごそやって、これに繭を入れろと赤い巾着を千曲に渡した。別に手作りでもなんでもない。松本市のダサい公式キャラクターがプリントされた、たぶん銀行かどっかでもらった巾着だ。スイスの民族衣装ふうの黒い帽子をかぶったひしゃげたおまんじゅう。北アルプスの妖精ぶすぞう。名前までダサい。

千曲はそれにも大喜びした。センスまで悪いとは、なんだか不憫《ふびん》だ。

ばあちゃんっ子はいいとして、世はデジタル、地球周回軌道上では通信衛星が大渋滞、コミュニケーションの第一歩としてプリティーでラブリーな画像を電波で交換しあう昨今、蚕を愛《め》でる一七歳のポジション取りはたいへんに難しい。千曲のご両親はそのへんをどう思っているのかといっぺん聞いてみたいもんだ。

ばあちゃんにも困ったもんだよ。そう、千曲のお母さんは、俺によく冷えた麦茶を注いでくれながら言った。離れから猛ダッシュで母屋に逃げ込んだ身に染みた。千曲のお母さんは自分にも麦茶を注ぎ、しかしそれに口をつけることもなく頬杖《ほおづえ》をついた。

お蚕さまなんてねえ、人の趣味に口を出すつもりはないけど、桑の木は世話がやけるしねえ。

けっこう長い愚痴《ぐち》だった。麦茶のコップが汗を流すくらいに。要約すると、桑には農薬がかけられないから除草の手間がかかる。ちょっとでも風のある日に殺虫剤を使おうものなら烈火のごとく怒られる。ばあちゃんは家計の足しにするために養蚕しているのではない。単に蚕の養育が趣味なのである。ペット以上の意味はないのである。困った趣味である。まあ、そういうことのようだ。

お母さんの愚痴は延々と続いた。麦茶のコップの大汗は瀑布《ばくふ》だ。

渋ったっていいことなんかないのにねえ、あんな土地、タダであげたっていいくらいなのに。なんでもだだっ広い遊休農地があるんだそうだ。矢諸家は大門沢川《だいもんざわがわ》という一級河川のほとりの土地持ちなのであった。昔はこのあたり一帯は桑畑でねえ、と懐かしんでお母さんは言った。ように見えたのだが、矢諸家に嫁入りしたときにはすでにりんご畑に転用されていて、桑の木は畑の隅にちらっと残っている程度だったという。

松本の地で製糸業がさかんだったのは終戦まで。それからは養蚕農家も果樹栽培に舵《かじ》を切って、それだって私がお嫁に来たときにはお父さんはあとを継ぐつもりはないってはっきり言ってたし、オーナー制にしていくらかりんごの木は残してるけど摘果も実回しも葉摘みもしんどいし、そろそろやめたいし、今はただ固定資産税を持っていかれるだけのお荷物よ。

そこに目をつけたのが信州大学だった。新しい研究施設を作る計画がある。できればキャンパスからそう遠くない場所が望ましい。そこで遊休農地を売ってはくれまいかと、矢諸家およびその周辺の地主に声をかけてきた。

研究施設の名称は先鋭科学融合研究支援センター。不幸にして、経済学の徒《と》である俺にはまったくもって関係ないのだけど、バイオとメディカルとエネルギーとカーボンと、とにかく信州大学の各理系学部が得意とするジャンルを横断的かつえこひいき的に支援し、自信を持って世界にお送りするための施設だ。そんなものができた日には文系は肩身が狭い――じゃなくて、信州大学の株も上がるということで、まあ、いいんじゃないかな。俺はそう思うし、千曲のご両親もそう考えた。だがばあちゃんはそうは思わない。

よそのしょうのやることとせ。

一刀両断である。

信州大学もそこに集まる研究者も学生も、我々とは縁もゆかりもない。立派な研究は立派な人たちのものであって、庶民には関係がない。先祖代々守ってきた土地をよそものに盗られるなんてとんでもない。つまりそういうわけだ。

大学側が何度頭を下げようが、ほかの地権者がさっさと判を押そうが、ばあちゃんは頑《かたく》なに首を縦に振らない。渡りに舟じゃないかと言った千曲のお父さんを「このごたっ小僧が」と聞き分けのない子を折檻するごとく熊手で叩く始末だったそうだ。

そうしてばあちゃんが思いっきりへそを曲げているところへ、俺がとばっちりを受けている。おばあちゃんっ子の千曲でさえ見かねるほどに。

「あたし、せんに目が見えなくなったら?」

ばあちゃんを相手にすると千曲も方言が出る。

「あんときゃえらかったな。もうよくなっただ？」

「なからいいよ。でもさ、もしかしたら多発性硬化症かもしれないとかいって、じっと病院通ってたら。もしそうだったら治療法がないっていう話だったんだよね」

「でもほうじゃなかったずら」

「うん。あたしは違ったけど。それでもさ、いつか多発性硬化症の治療法が見つからないかやあって思うじゃんね」

ばあちゃんは心身ともどもしゃっきりしている。話ののみ込み力も健在である。

「それを信大がこさえる新しい施設で研究するだ？」

「いやわかんないけど」

俺を指差し、「この小僧がおめさまの目を面倒見てくれるだ？」

完敗である。

たまたま受かった大学が信州大学だという理由で、四年間をこの地で過ごしているにすぎない俺に言えることは何もない。そのうえ可愛い孫娘を県外の大学に連れていこうとする（かもしれない）冷血漢どもの一味だ。

だからって俺は俺なりに千曲をしごく手を緩《ゆる》めたりしなかった。別に家庭教師バイトの継続を狙ったわけじゃない。バイト代をいただく以上、少なくとも英語の赤点脱出くらいは成し遂げないと申し訳ない。

なのに千曲のやつ。第一志望は？　という質問に、

「ＭＩＴ」

とぬけぬけと答えやがった。松本芋虫トレーディングスクールではない。工学部か理学部、じゃなかったら農学部、というアバウトな希望はいいとして、今の千曲の成績で入れる国立大学などありゃしない。どこの私立でも大学側が迷惑なレベルだ。かといって短大はいやだ、専門学校は考えたこともないといいっぱしの線引きをしやがる。そのくせ、できれば県外でひとり暮らしをしてみたい、などと思いつきを口走る。志望校も定まっていないのにどうやって受験対策しろというんだ。

完全に千曲のキャパをオーバーしている宿題を山のように出し、理系といえども英語は必須だぞ、英単語のドッジボールをしつつ証明問題を解かせ、日本史を逆順に諳《そら》んじる訓練で脳細胞をスクワットさせた。百の課題を与えても十、千の課題を与えても十しか成果が見られないのなら、千だ。なんで問題文を最後まで読まないんだ。読解に妄想を持ち込むな。このとき主人公が自殺した親友のダイイングメッセージを探すわけないだろ。鬼？　悪魔？　違うだろ、demonだ。

俺のヤケクソ程度に千曲もヤケクソになってくれたのならいいのだが。泣いて放り出しもしなかったかわりに、泣いて悔しがりもしなかった。なんの手応えも感じられないまま一ヶ月が過ぎた。

で、今日だ。模試の結果が出たはずだ。

当の千曲は本丸跡庭園を駆け抜けて、石垣に張り付かんばかりに松本城大天守を見上げている。

模試の結果と松本城の関係を一〇字以内で答えよ。

castleの頭文字。

そんなとこだ。

「巾上君、体力に自信ある？　覚悟しといたほーがいいよ」

「待て。その前に見せるもんがあるだろ」

今まさに城内に入ろうとする千曲の首根っこをとっ捕まえる。スカートとおそろいの臙脂色のボウタイごと。ところが、

「なんでなんで？　お城に登らないの？　入場料もったいなくない？」

千曲は的確にこちらの弱点を突いてきやがった。

投資をドブに捨てる行為ほど経済学を困惑させるものはない。

千曲は俺の返答を待たずにさっさと靴を脱いで、案内板に従って城内に入っていく。そのあとを追って床板に足を踏み出すと内部はひんやり、目にやさしい暗さだった。

「模試の結果を見せろ」

「邪魔になってるよ、巾上君」

振り返ると、家族全員ぶんの荷物を手にしたお父さんがドライブ疲れもあらわに困り果てていた。俺の足元を強引に通り抜けようとする子供をふん捕まえる余裕もないようだった。

「すみません」

どちらもが頭を下げ、牛歩の行進に合流する。

夏休みまっただなか、行楽シーズンまっ盛り。狭い順路は観光客がひしめきあい、背後からは

続々と人が押し寄せ、立ち話をするバカの存在は許されない。板張りと低い天井と丸太柱が俺の立ち位置を規定する。順路を守り、ココ重要と記された場所で渋滞せよ。

一時停止を余儀なくされているあいだ、ケータイをタップして適当に選んだサイトを斜め読みする。

現存一二天守のうちのひとつ、国宝五城のひとつ。信濃の国のどまんなかに据えられた覇権の象徴が松本城である。戦国時代に築城され、以来六家二三代の城主が入れ替わっても常に権力の象徴であり続けた。

松本という土地は近畿から東北を睨んでも、関東から北陸を睨んでも、それなりに重要な交通拠点だ。ときには睨みあいのリングにも緩衝《かんしょう》地帯にもなる。上杉謙信が武田信玄に塩を送ったっていう話がそれだ。どうやら松本は主な街道が集結しているらしく、塩の受け渡しは松本でされたという。

やたらとしょっぱい漬物を山ほど食べさせたがる習慣はこのへんに端を発しているという流説は魅力的だが、どちらかというと高冷地ゆえに冬場の食料確保が厳しくて保存に重点が置かれた結果だろう。

戦国時代は武田家の支配下に置かれ、徳川の世となってからは三河の石川家をはじめとしてよそからやって来た大名が松本を支配した。その後も帝国陸軍に牛耳《ぎゅうじ》られ、峠向こうの諏訪《すわ》出身者に経済を乗っ取られた。というあたりに、ばあちゃんのよそもの嫌いのルーツがあるのかもな。

などと思ったりはしたが、松本城そのものへの興味はいっこうに湧かない。

お城、という言葉から想像する、財の限りを尽くして圧倒的な力を見せつける……といった類《たぐい》の気圧《けお》されるような迫力は感じられない。

格子が嵌《は》まった窓は小さく、分厚い土壁と相まって外気を拒否している。天井は大の大人が窮屈に感じたりはしない程度には高いけれども、極太の梁《はり》が張り出しているせいで圧迫感を覚える。すべてにおいていっさいの装飾が排除されている。そしてなによりも、絹の衣に金の屏風、漆《うるし》の杯《さかづき》に染付の器、千本の槍《やり》に百の種子島《たねがしま》、ひかえおろう、が欠如している。印象は、そっけない、の一言だ。

ためしに頭のなかで最近読んだタイムスリップ小説の歴史学者を召喚してみたが、とくに見るべきものはないとしてさっさと未来に帰っていってしまった。

「ここが乾小天守《いぬいこてんしゅ》だよ」

オートマチックガイドと化した千曲が説明してくれた。

「二階までしか見られないけどね。三階には窓がないんだって。真っ暗。座敷牢として使われたっていう話だけどほんとかな。お姫さまが幽閉されてたんだって。どんなかな、幽霊とかいたりするのかな、見たいなあ、見たいよね」

俺が見たいのは模試の結果だ。

しかし直視しがたい現実にもウンチクにも興味がない観光客に押し流される。急《せ》かされるように階段を登り、居並ぶ展示物に足を止めることも許されないまま渡り櫓を足早に通過させられ、階段を下りさせられる。この階段がこれまた狭い。人ひとりがやっと、しかも手すりに摑まらなければ転げ落ちかねない急勾配だ。したがって順番待ちの大渋滞が発生し、見学者は二重の不便を強いられる。早く早くと無言の圧力を背中に感じて、つんのめり、前を行く千曲の背中にどすんとぶつかった。

「あっぶな。巾上君はもう少し気をつけるべき」

男子大学生を頼もしく受け止めた女子高校生は鼻高々だ。

「さっきだって死にかけたし」

なんと。一時間も経っていないのに、さらりと記憶の改竄《かいざん》をしてみせるその柔軟な思考力にはびっくりだ。そのうえ怪我を通り越して殺しかけやがる。そこは百歩譲るとしても、未成年を保護監督する身としては言っておかなければならないことがある。

「あのな。危険を顧《かえり》みず人助けなんてのはな、誉められた真似じゃないんだぞ。そういうのは映画でも小説でも、自分を過大評価している阿呆がやることだ。望まれてもいないのに出しゃばって、事態を悪化させると相場が決まっている。おまえが望まれているのは別の――」

「しょうがないじゃん。体が勝手に動いちゃったんだもん。巾上君に何かあったら困る。いなくなったらどうしようって」

ここで赤面するほど俺はうぶではなかった。俺がいなくなったら予備校にぶち込まれる。そういう意味だ。

「じゃあ、俺がいてよかったと思うようなものを、見せてみろ。今すぐ」

千曲は俺の要求を無視した。

「大天守と乾小天守の床の高さが揃《そろ》ってないって、変だよねえ。バリアフリーにするお金がなかったのかな。うちだってしたのに」

おまえの家といっしょにしてどうする。あの元気なばあちゃんは大金をかけてリフォームした離れにいる時間よりも、わずかに残った畑にいる時間のほうが長い。無駄な投資だ。

渡り櫓を抜けたら、大天守一階だ。

そこは一転して暗く重苦しい大空間だった。広さに対して窓が少ないせいもあるが、立ち並ぶ太い柱が奥の暗がりに同化していく様は、鍾乳洞《しょうにゅうどう》に迷い込んだよう。黒々と頭上に横たわる梁は闇にまぎれ、洞窟の広さの把握を困難にさせる。

先へ先へとなだれていく団体客を押し止めようとボランティアのガイドが奮闘している。

「柱の列が弧《こ》を描いてるでしょう。石垣が上から見ると糸巻きの形に内側にたわんでいるので、それに合わせて柱を建てているからです」

どうにも拭えない居心地の悪さはそのせいか。

「大天守一階。ここは武士の居室だったとも、武器庫だったとも言われています。見どころは矢狭間《やざま》と石落としです。ほら、下を覗《のぞ》くと石垣が見えるでしょう。ここから登ってくる敵に石を落としたんです。みなさんが立っているところは武者走りといって……」

鯱《しゃちほこ》がどうした、一〇〇〇トンの重量を支える土台支持柱がどうした、松本城を愛するガイドの豆知識はとどまるところを知らない。金縄継《かなわつ》ぎ、蕪懸魚《かぶらげぎょ》、塗り込め……ほとんど呪文だ。そこへ異国の観光客の英語や中国語が入り交じり、耳慣れない単語が右から左へと抜けていく。

その調子で天守二階、三階へと押し流され、それにしたがい階段はますます狭く急になっていく。ガイドによれば最低で五五度、最も急な階段は六一度もあるそうだ。

ふくらはぎの筋肉が無茶させんなと悲鳴をあげる。それなのに千曲はパンツが見えようが見えまいが、力強く階段を登って行く。下から覗き見ないようにしつつ、後に続く連中からガードしつつ足場を探るという離れ業《わざ》を強《し》いられる俺の身にもなってみろ。

乾小天守三階と同じく窓がないという息が詰まるような大天守三階から四階に上がると、うってかわって明るく乾いた空間にほっとする。たっぷり取られた採光が室内に行き渡り、窓を抜けてきた風を受け止めている御簾《みす》は涼しげだ。

観光客がこぞって格子窓に張りついたタイミングを見計らって千曲に自白を強要しようとしたが、

「実は松本城は傾いている」

というショッキングな告白をされた。

「時は貞享《じょうきょう》」

「貞享っていつだ」

「さあ。江戸時代のどっか」

肝心なところはまるでなってないにわかオタクは先を続けた。

「その年は未曾有《みぞう》の大凶作だった。春の水害に陽の照る日がないという冷夏。頻発する地震で田の畔《あぜ》は崩れ、流行り病で働き手がばたばた死んだ。それなのに松本藩は増税を決めて、堪えかねた農民たちが一揆をおこしたわけ。隣の高島藩と同じ、税を二斗《にと》五升《ごしょう》に戻すことを要求して」

「二斗五升って何だ。米か。キロに換算するとどれくらいだ。いくらの収入にたいして二斗五升なんだ」

「さあ。一俵とか？」

いいかげんな。その臙脂色のスカートのポケットに入っている便利な電話をちょいとタップして、江戸時代の納税制度を調べたらどうなんだ。

「とにかく、庄屋の多田加助《ただかすけ》って人を中心として減税を訴えたわけ。松本藩は一時は訴えを聞き入れたけどすぐにひっくり返して、加助さんをタイホして処刑場に引っ立てたのね。ほら、」

千曲は観光客の隙間をぬって格子窓に近づき、北西の市街地を指差す。ゆるやかな斜面に住宅地がへばりついている。

「あのあたり。よっく松本城が見える丘の中腹。処刑の日、集まった千余人の群衆のすすり泣きで、磔《はりつけ》になった加助の姿がけぶるほどだった」

それらしい脚色しやがって。

「十一月。小雪がちらついて、これからの長い冬を予感させた。強訴《ごうそ》が通ると思うな、百姓ふぜいの浅知恵よ。役人の藩士どもは嘲笑し、打擲《ちょうちゃく》する。だけど加助は脇腹を槍先で貫《つらぬ》かれながらも、歯を食いしばって顔を上げた。

『二斗五升！』

加助の叫びが雷鳴のごとく響き渡る。

『この血と引き換えじゃ！　二斗五升！　ならぬと言うのなら！』

凄まじい形相で松本城を睨んだそのとき、地響きがおこり、ぐらり、松本城が傾いた。

加助が死の間際にかけた呪いは、この現代においてもなお、松本城を引き倒そうとしている……」

真剣だ。こんな真剣な千曲は見たことがない。

この半分でも英文法に熱意を傾けてくれたら。

悪いけれど俺は時代小説にもホラーにも興味はない。人間の行動原理をつきとめようとする経済学や、小難しい理論をわかったような気にさせてくれるSF小説に慣れ親しんでいる俺には、呪いという単語を平然と吐く理系志望の女子高校生は理解しがたい。

冷めた目を向ける俺に、千曲は必死で解説した。

「嘘じゃないって。ほんとに南西に傾いてるんだったら。明治時代に修理したんだけど、やっぱり今でも三度くらい傾いてるんだよ」

城といえども木造建築だもんな。四〇〇年も経てば立派に老朽化するだろ。まああれだ、現存していてラッキー、ぐらいに思っておけばよろしい。

「加助の怨念《おんねん》がこもっているとしたらここかな。天守御座所《ござしょ》」

怨念だって？　バカバカしい。念力だけで物理的存在をどうこうできるってんなら、気合で大学入試を乗り越えるくらい朝飯前だろってんだ。

御座所から階上に逃れ、ちょっと順路の脇道に逸れて、破風《はふ》の武者窓ににじり寄る。市街地を素通りする北からの風が、肌に張り付いた観光客の熱気を剝がしてくれた。

大パノラマだ。背後にひかえる山を自然の城壁にしたのがよくわかる。市街地の北側、我が信州大学のキャンパスも、千曲の家のあるあたりに点在する果樹畑も見える。パソコンと活字にどっぷりはまる生活をしてこなかったのなら、ひょっとして畑の隅で精を出すばあちゃんまで見えたかもしれない。

西にそびえる北アルプスの稜線は険しく武骨で、残雪の白さと雪形の黒さは松本城を彷彿《ほうふつ》とさせた。あんなでかい山だっていつかは形を変える。不変を約束されたものなど、この世界には存在しないのだ。つわものどもが夢のあと。人間五〇年。太陽は燃え尽き、永劫は熱量死の先に横たわる。

「でも大丈夫」

万物の定めをものともせず、千曲は仰《おお》せられた。

「二十六夜神《にじゅうろくやしん》さまがついているから」

「なんだそれ」

「この上。最上階で見守ってる」

と、松本城制覇を目指す観光客が押し寄せる階段を指差す。階段の途中に張り出した梁にひっかかって、その列は遅々として進まない。うへえ、だ。人類が頂上に登りたがる生物なのであるならば、その動機は何であろうか。外敵から身を守るために樹上に逃げるのなら、何もてっぺんである必要はない。他者よりも安全な場所を確保しようとするさもしい生物なのでなければ。

観覧料の元を取ろうと階上を目指す観光客の群れを見ていると、ほかの誰も見たことがない景色を希求するのだ、などと自分でも信じていない説に飛びつきたくなる。人類ってやつは貧乏性なんだな、というのが俺の結論だった。

「貞享騒動から遡《さかのぼ》ること六九年前。細い下弦《かげん》の月が東の空に顔を見せた夜半」

「なんだよ唐突に」

「二十六夜神伝説のはじまり、はじまり」

松本城よもやま話の第二部が始まった。千曲は声色を変えるというテクニックを知らない語り部《べ》だが、思い入れだけは人一倍だった。

「天守番の藩士、川井《かわい》八郎三郎《はちろうさぶろう》は身を切る寒さに背中を丸め、宿直《とのい》にもかかわらずうたた寝をしていた。よく寝られるよね。一月だよ、昔のことだしね、氷点下一〇度以下だったんじゃないかな。よっぽど疲れてたんだろうね。ビンボー藩だから人をいっぱい雇う余裕がなかったのかな」

「漫才コンビみたいな名前だな。八郎なのか三郎なのかどっちだ」

「どっちもなんじゃないの。まあ、おトクな名前だよね。

んで。夢と現《うつつ》の間を行ったり来たりする八郎三郎の耳元で、その名を呼ぶ声がする。はっと顔を上げると、そこに緋色の装束をまとったこの世のものとは思えない美女が佇《たたず》んでいる。己《おのれ》の粗《そ》相《そう》を恥じる八郎三郎に、美女は錦の袋を差し出した。

『お餅がほしいなあ。ほしいなあ。たらふく食べたいなあ。もし、毎月、三石三斗三升三合三勺《さんごくさんとさんしょうさんごうさんじゃく》のお餅をくれたら、末長くお城を護ってあげるんだけどなあ』

そう告げて、二十六夜神さまは下弦の月夜に紛れて消えた」

三石三斗三升三合三勺ってどのぐらいだ。ちょちょいと便利な電話をタップしてみたところ、なんと約五〇〇キログラム。

「ずいぶんとえげつないカツアゲをなさったもんだな」

「ごめん。抜けてた。

『お餅をおなかいっぱい食べられるような豊かな国の幸せな領民でありたいと願う人々の心を汲み、毎月二十六日に餅を領民に分け与えてください。さすれば松本城は長きにわたる安泰を得るでしょう』」

都合よく脚色しやがって。

「二十六夜神さまのお告げはときの藩主戸田康長《とだやすなが》の耳に入るところとなり、天守六階に錦の袋をご神体として祀《まつ》った。

時は移り、城主が替わろうとも三石三斗三升三合三勺の米を炊いて奉納する儀式は途絶えなかった。天守におわします二十六夜神さまのご加護か、度重なる地震、本丸御殿焼失の際でさえ、松本城は災難を逃れた。

時代が明治に移っても、廃藩置県のおりに全国各地の古城が軒並み取り壊しの憂き目にあったなか、こうして現存しているのもそのミラクルパワーのおかげかも」

そいつはどうだろう。

「だから大丈夫。ハイパー守護神が加助の怨念を食い止めているから」

階段の踊り場でたたらを踏む俺は、千曲の守護神になれなかった我が身を恥じている。現実逃避と他力本願。それと怠慢。そいつをどうにかしてくれない限り、守護してやるのは至難の業だ。ようやく順番がまわってきて急勾配の階段を上がる。今の俺には千曲のパンツを後続者の視線から守ってやるのが関の山だ。

「おまえにはミラクルパワーのご加護はない。どうあがいたって結果は出ちまってるんだ。観念して模試の結果を見せろ」

「いやわかんないよ？　ほら、シュレディンガーの猫ってやつ？　観察するまではすべての状態が重ね合わさっていて、どれが現実になるか開けてみるまでお楽しみ」

「どこでそんな小知恵を聞きかじったんだ。シュレディンガーの猫を知っていて、光合成の仕組みが覚えられないのはどういうわけだ。何がＥＴＣ回路だ、植物が自動精算機能を搭載してどうする」

「ちょっとしたミステイクじゃん」

「デオキシリボ助さん格さんもか」

「兄さん兄さん、お話しちゅう悪いんだけどせ、そこのおばさんに手を貸してやんなよ」

振り向くと見るからにガラの悪い三〇がらみの男が立っていた。茶髪、上下ジャージ、ヤンキーあがり、生まれてこのかた松本から出たことがないタイプ。そんな男に注意されたことを恥じ入り、下りの途中で手すりを摑んだまま身動きできなくなっているおばさんに肩を貸してやる。

おばさんは俺にでなく目端《めはしき》の利く男に礼を言った。

あと一息で登頂だ。さもしい人類ばんざい。その一員である俺は、ほどほどの達成感とともに最上階の床板に踏み出した。

混雑にもかかわらず、天守六階を吹き抜ける風は今しがた北アルプスを撫でたばかりのような清清しさだった。柱の本数が少ないせいで、ちょっとした野原に出たような開放感がある。

目的地に到達した観光客はめいめい展望を楽しみ、あるいは座して地上のしがらみを忘却する。例外は団体客の興味をひきつけることに熱心なボランティアガイド。

「五重六階二五・二メートルの大天守、その最上階です。

市内全域、三六〇度がご覧になれます。

松本盆地の東に位置する扇状地に建てられたこのお城は平城《ひらじろ》と申しまして、一見すると山城にくらべて防御の点で劣っているような気がしますが、そんなことはありません。こちら、東側に流れる女鳥羽川《めとばがわ》が見えますか？」

ガイドが手のひらを差し向けたほうに、どどどっと団体様が移動する。

「もとは蛇行しながら市内を突っ切る川でしたが、武田氏の支配下に置かれたさいに流路に手を加えてお城の外堀の役目を持たせたと言われています。見えますか？　ほら、あそこでほとんど直角の急カーブになってるでしょう」

我も我もと格子窓に取り付き、どこどこどのへんと大変な騒ぎだ。

「このように東南は女鳥羽川を天然の堀としています。すると北西が手薄に思えますが、」

今度は西側にどっと大移動する。

「お城の西から北にかけては湿地帯でした。

市内には今も数々の井戸が残っています。松本は屈指の湧水地で、女鳥羽川が作った扇状地の砂礫《されき》の下には地下水脈が網目状に走っているといわれています。

とくにお城の北西部は大門沢川がたびたび氾濫をおこすため、長いあいだ農耕もされない湿原でした。これが天然の防御になっていたのです。このように四方の外敵にたいする防御は万全の松本城ですが、本当の敵は堀の内側にあったのです」

団体客の視線がいっせいに内堀に落ちる。うまいガイドだ。観光客の相手なんかしてないで英会話教材でも売れればいいのに。

「さきほども言ったとおり、この地は女鳥羽川と大門沢川の二本の暴れ川が作った地形です。この二本の川が運んだ大量の砂礫が分厚く堆積しています。つまり地盤が弱いのです。そこへさらに湿原だったときの腐植層が乗っかっています。

しかも市内の西側にはフォッサマグナの構造線が走っています。戦乱を免《まぬか》れたさしもの松本城も度重なる地震と軟弱地盤には勝てず、江戸末期には大きく南西に傾いていたということです」

千曲の話とえらく違うじゃないか。

老朽化したお城と病害虫にやられた松の枝なんて、ちょっとの振動が大ダメージになるんだ。

「ほら、あれだよ」

千曲が見上げる先は、天井の梁。井桁《いげた》に組まれた梁《はり》の先が集まるところに、ちんまりと祠《ほこら》が乗っている。そこに書かれた金泥の文字は読めないが、しめ縄は確認できた。

「二十六夜神さまだよ」

なるほど、まったくの創作でないことだけはわかった。信仰に後付けの物語はつきものだ。語り継ぐためには語り継ぐための言葉を用意しなければならないのである。だけど、

「ちっとも傾いている気がしないな」

加助の怨念はいかがなものか。現象に物語をこじつけることはよくあるが、その逆は無理な相談だ。

「ビー玉を転がしてみるとか？　あ、そうだ」と、千曲は松本市公式キャラクターつき巾着をごそごそやって白い玉をふたつばかり床板の上に置き、おごそかにつぶやく。「出でよ、お守りパワー」

しばらく俺に悪夢をもたらした、あの繭玉だ。

はたして繭玉はころころ転がって、その先にある観光客の足に踏まれて悲劇を生む前に、俺によって救出された。

「おまえな、状況ってもんをちっとは考えろよ。そんなだから――」

俺の雷が落ちた。

のではなかった。

ずん、という音にならない音に突き上げられた。

ぐらっと世界が揺れ、ひしめく群衆が悲鳴をあげる。柱と梁が鳴り、階段近くにいた千曲の体が浮き上がる。

危な――

その小さな手を、巾着を握りしめた小さな手を取る前に、驚愕《きょうがく》に見開かれた目が落ちていく。折り重なるように倒れてきた誰かの肘《ひじ》が俺の背骨を打ち据え、それは肘ではなく天井の横木のひとつだ、これは地震だ、俺たちは松本城ともども引き倒されているのだと思ったときには、崩れ落ちる世界のまっただなかに放りこまれていた。

――二十六夜神はこの世界を見捨てたのだ――

落ちる。

どこからか舞い降りた思考といっしょに。

2　貞享三年一一月二二日

曇天の下、松本城があった。

俺はちらつく小雪にも自分が吐く白い息にも目を奪われることなく、五重六階の大天守を凝視した。

なぜ。

松本城内にいたはずだ。大天守の最上階で、ぎゅう詰めの観光客といっしょに城の瓦解に巻き込まれたはずだ。轟音と悲鳴のまっただなかにいたはずだ。

だがいま、松本城は依然として起《た》ち、俺はそれを地面に伏して見上げている。

薄暮と北アルプスの稜線を背に黒々と浮かび上がる松本城は胸を反らし、地べたを這う者どもを睥睨《へいげい》していた。

風が小雪を舞い踊らせるほかは、動くものはない。

町中《まちなか》だ。俺は民家が軒を連ねる路地に倒れている。市内のどこだ。だが、こんな場所は知らない。

道路は未舗装で、自動車はおろか電信柱さえも見当たらない。古めかしい造りの家ばかりだ。モルタルなんてもんじゃない。板壁に瓦、木戸に障子《しょうじ》、時代劇でもなければお目にかかれないような木造住宅が軒を連ねている。

家屋の戸は固く閉められ、暗い軒下の障子の向こうにも動く影はない。町全体が、寒さに、あるいは松本城が発する無言の威嚇《いかく》に縮こまっている。

何がいったいどうなった。だが立ち上がろうとして、指の関節ひとつ動かせないことに気づいた。それどころか瞼《まぶた》を開けているのが精いっぱいの状態であることに。どこかが痛むということはない。しかしそれは痛みのシグナルを運ぶ余力さえもこの体に残されていないだけのことだった。

かろうじて生きているのは視覚と、それに聴覚だけだった。

おおおん。

低い雲に反響して、耳鳴りかとも思える音が響き渡った。

何の音だ。

その疑問はほどなく判明した。

「二斗五升！」

共鳴か、唱和か。どこかで誰かが叫んでいる。西に高い壁をなす北アルプスの白い尾根ではね返り、増幅する。シュプレヒコールと化したこだまが、大気を振動させる。

「二斗五升！」

その音圧はわずかに残った俺の聴覚機能も殴打した。あらゆるものの襟首《えりくび》を捕まえ、地中深い岩盤の一分子でさえ圧死せしめるほどに。

その雄叫びの標的は松本城だった。

松本城が身震いした。

かと思うと、がくり、南西に傾いた。

足元をすくわれたかのように大きくのけ反った大天守は、容赦なく次の波動に直撃される。

「二斗五升お！」

圧力を持った咆哮《ほうこう》がついにその根元をへし折り、五重六階の巨体を押し倒す。黒い瓦が雪崩《なだれ》をうって崩落する。大天守の断末魔の軋みが、大地に叩きつけられる衝撃が、瓦解の轟音が、塵芥《じんかい》と成り果てる無念が、凍てつく世界に充満する。

松本城の瓦解と同じくして、俺もまた潰《つい》えようとしていた。

あらゆる音と耳鳴りとの区別がつかなくなる。視界がかすれ、色彩と形が失われていく。瞼を開き続けるほどのエネルギーも残っていない。俺が利用できる資源は底をついた。

迫り来る永劫の冬があらゆるものから熱を奪っていくのが、わかった。

3　貞享三年八月二六日

寒さのあまり目を覚ますと、今まさに油が切れて灯芯《とうしん》の先の炎が消えようとしていた。

ふつっと暗闇が落ち、あわてて両手であたりをまさぐる。指先が何かに触れるのと同時に、

「ぁあ？」

ビビった。人だ。誰かいる。

「どうしただ？　何かあっただか――ああ、なんだ、鈴木どのじゃねえか。さては居眠りで名高い川井家のお家芸を拝みたかっただな」

暗さに目が慣れ、花頭窓《かとうまど》の格子から差し込む薄い月明かりに、ひとつの顔が浮かび上がる。いたずらっ子が現場を押さえられたときのように、へへへと笑っている。川井八郎三郎。本名は別にあるというが、祖父と同じ名を名乗る変わり者だ。

って、何だ。

こんな知識、どこから降って湧いてきた。

そんでもってここはどこだ。夜だ。なぜ夜なんだ。何が起きた。俺は――

「そうやってほうぼう嗅いでまわって、ほうぼうで嫌われてやだくならねえかい。ま、それも仕事だでしかたないわな。鈴木伊織《すずきいおり》どの」

俺は鈴木伊織だ。江戸に詰めている藩士の目となり耳となり、領内を歩き回っている。

城内に怠慢がはびこればその詳細を、城下に無用の諍《いさか》いがあればその構図を、領地に山賊の手引きをする輩《やから》があればその背後関係を江戸の屋敷に耳打ちする。そのため口の悪い藩士は、俺を密告屋と呼ぶ。小狡《こずる》い家老は見え透いた芝居を打つ。百戦錬磨の家臣はポケットマネーをちらつかせる。

だがこの川井という男、職位と人物像の不一致はあって当たり前という態度を隠そうともしない。俺にたいしても己にたいしても。

ぷらぷらと城勤めをしていられるのは祖父が名を上げたからなのだと自覚していて、その立場を利用して何が悪いと言ってはばからない。あまりにも率直すぎる物言いはこちらが冷や汗をかくほど――

じゃなくて。

俺が鈴木伊織？

違うだろ、俺は巾上岳雪、信州大学経済学部四年生だ。成績は可もなく不可もなく。リア充とはほど遠いが、滅入るほどぼっちなわけじゃない。実家は関東、親父はサラリーマン。松本藩主水野《みずの》忠直《ただなお》侯に仕える武士ではないはずだ。

って、松本藩主の名前を暗記する趣味なんかないのに。

それにこの寒さはなんだ。

陽射しが一番まぶしい真夏の昼下がり、紫外線がじりじりと肌を焦がしていたはずだ。だがこの冷え込みはどうだ。しんしんと体の深いところまで積もっていく静けさはなんだ。

いきなり暗く寒い小部屋で、川井八郎三郎とふたりして水野忠直の目を盗んで居眠りだなんて――。


ひとつの言葉がきっかけとなって、次々と脳裏《のうり》に知識が瞬《またた》く。

水野家は七万石で松本藩に入封したがその懐《ふところ》具合はかんばしいとは言い難く、ことに三代目忠直が継ぎ貞享の世となってからは天候不順の凶作続きで領民の疲弊はなはだしい。しかもこの主君、ロクデナシの放蕩《ほうとう》野郎ときている。そのフォローと経費切り詰めのための内偵を仰せつかったのが鈴木伊織、俺だ。

いや、俺じゃない。

だから誰なんだ、鈴木伊織って。

この俺はロクデナシの放蕩野郎に仕える我が身を嘆いたりしていない。鈴木伊織としての感情はどこを探しても見つからない。

藩主不在をいいことにつまらない縄張り争いに興じる家臣たちにも、飢饉《ききん》をよそに私腹を肥やす手代《てだい》どもにも、何の感情も湧かない。

どういうことだ、と頭をかかえて、硬直した。

髷《まげ》。手のひらにあたるちょんまげの感触が、これは仮想世界ゲームか何かに違いないという希望的憶測をぶっ飛ばした。

それに頬を撫でる夜風、灯が消える間際に放った煙の匂い。足の裏に当たる床板はひんやり冷たい。五感が確かにこれは現実なのだと告げている。

「鈴木伊織どの？」

川井八郎三郎が、あろうことか肩に触れてきた。

「どうしただ？　城中のねずみを見つけでもしただか？　この宿直の居眠りのほかに？」

その手の温度を感じた。

城中。宿直。「ここは……」松本城？

そそり立つ松本城。

思わず格子窓にすがり、そこに見たものに顎《あご》が落ちる。

眼前におわします大天守。満天の星明かりに浮かび上がる漆喰に黒壁、千鳥破風《ちどりはふ》に唐破風《からはふ》。黒い瓦に対の鯱がぴんと尾を立てている。

その尾に細い月がひっかかっていた。

そんなばかな。松本城は崩れ落ちた。この目で倒壊の一部始終を仰ぎ見て——違う、倒壊に巻き込まれて——。

あれはいつだった？　松本城の下敷きになったと思ったのに、次の瞬間には外からそれを見ていた。たしかに漆黒の城は瓦礫に成り果てて——。

「なに言ってるずら。乾小天守だじ。さては鈴木どのも居眠りしてたら」

宿直の最中に乾小天守でサボってやがったというのか、この川井という男は。

ではなくて。

鏡、どこかに鏡はないか。疑問の大渋滞を差し置いて真っ先に思ったのがそれだった。

自分の姿を確かめなくては。俺は誰だ。巾上岳雪はどこに行った。俺は俺なのか。

「ま、せっかく鈴木伊織どのが来てくれたで、しっこまってくるわ」

そう言って、川井八郎三郎は階下に降りて行ってしまった。途方に暮れる俺をひとり残して。

一分か二分、もしかしたらそれ以上、板張りの床に打ちつけられでもしたかのように座して呆けた。やがて俺の両膝は軋みをあげながらも動いて、これからの行動は自分で決めろと言ってくる。ロールプレイングゲームのように目的を提示してくれる親切心は、どこにも用意されていなかった。

川井八郎三郎が消えていった階段を見下ろすと、真っ暗だ。すくみあがった足は、階段の一段目にすら踏み出そうとしない。

「巾上君、巾上君」

突然階下から聞こえた声に、心臓がすっぽ抜けるかと思った。

はたしてそれは奈落の底から湧き出る亡者の呼び声ではなかった。

「千曲？」

階下の闇から這い上がってきたものは目覚めてからこっち、最も俺を混乱させた。

時代劇の途中ですが、ここで女子高校生の登場です。

制服だ。臙脂色の、チェックのミニスカートだ。しかもにっこにこだ。

「なんたる偶然。でもよかった、巾上君で」

片手を差し出し、

「ちょーだい」

と催促する。

そのふてぶてしい態度は、観光客にまみれながら聞かされた大食らいの女神さまを彷彿とさせた。なんの予告もなく現れて、城の安泰とひきかえにべらぼうな量の奉納を要求したっていうあれだ。相手の都合ってもんを考慮する能力の欠如が能天気のキモなのかも、とまで思った。

ようやく出てきた言葉は、「なんで」だった。

「だって、お米をもらわなくちゃいけないみたいなんだよね。どうやら二六日らしくて」

「じゃなくて。なんでおまえなんだよ。なんで制服なんだよ。俺は」

「巾上君はちょんまげだねえ。前頭部はハゲだし。それってヅラ？　刀は本物？　もしかしてふんどし？」

ショックと安堵がいちどきにやってきた。俺は帯刀の武士だ。俺は巾上岳雪だ。その両方ともが事実だ。

千曲が俺を見て俺だとすぐにわかったということは、少なくとも体は巾上岳雪のままだ。頭の中身だってきっと……いや、自信を持て、俺は俺だ。

ふいにずっと握りしめていた右手に、ふたつの繭を感じた。

天守六階で、観光客に踏まれる前に拾いあげた繭玉だ。夏の松本城に千曲とふたりして登って事故に巻き込まれたのもまた、事実だとそれは告げていた。

「どうしようかと思ってた。ちょっと様子をみたほうがいいかなって、下に降りて隠れてたの。真っ暗闇だから、きっと三階だね。上の階にいた人が降りていって、そしたら階段の上に巾上君が見えて。

ささ、早く六階に行こうよ。奉納の儀式をやってるんならきっと六階だよ」

千曲がまくしたてたことの半分も理解できないが、ひとつだけ俺にも言えることがあった。

「ここで終わりだぞ。四階。乾小天守だから」

「えっ」

ぱかっと口を開けて天井を仰ぎ見る千曲の顔に浮かんだ表情は雄弁に語った。あたしとしたことが、だ。

「じゃじゃじゃじゃあ、間違えたんだ。まただよ、あーもうまったく。大天守に行かなきゃ。だってあたし、だってあたし、」

「何かやってるようには見えないな」

ふたりして花頭窓に張り付き、大天守を仰ぎ見る。その最上階はほかの階同様に静まり返っていた。川井八郎三郎と違って真面目な宿直が灯しているであろう光が、格子窓の隙間でちろちろ揺れているだけだ。

「あああ」千曲は頭を抱え、その場にへたりこんだ。「二六日なのに。なんでなんで」

「二六日がどうした」

「三石三斗三升三合三勺のお米をね。いただかなくちゃ。だってあたし、二十六夜神だから」

はあ？

「寝ぼけてんのか。それとも倒壊で頭を打ってなけなしの脳細胞が」

「いや、だからね、二十六夜神なのね、あたし」

しゃあしゃあと言ってのける千曲を上から下まで見つめた。ご冗談を。それともツッコミ待ちなんだろうか。月の権化が制服姿の女子高校生だなんて。

だがそれはただの冗談ではなかった。

「お、これは二十六夜神さま。へえいけねえ。しわい家中がこすいことやるもんで、お叱りに来なすっただかや。月ごとの奉納を渋ってせ、書面の上で奉納したことにすりゃいいずらって、儀式さら反故《ほご》にしちまってへえ、まーずやることがおぞいじゃねえかい。そうはいってもまあ、二十六夜神さまには通じっこねえわな。ちょうど鈴木伊織どのもいることだし、不正はここらで成敗してやるだだね」

ちょうど戻ってきた川井八郎三郎が、平伏とは言い難い態度で千曲に敬意を表した。冗談を言っているようには見えなかった。

「それなんだよね」と、千曲。「どうも思ったのと違っててさ。うまくいかないもんだね」

「首尾よくいきゃあいいがね、そうはいかねえこともあるずら。ほいでもまた、そのうち折があるずら」

「そだね。違う方法を考えてみるよ」

「そうしましょ。おれにできることがあったら言ってくれりゃあいいで」

安請け合いする川井八郎三郎の話に家中が耳を貸すとは思えなかったが、それでも千曲はしきりにありがとうと連呼した。

二十六夜神だって？

高校の制服姿の千曲は、なぜかすっかりこの世界に馴染んでいるように見える。武士のなりをしている俺よりもずっと。

時は貞享三年、八月二六日。と、脳裏に馴染みの薄い知識が横切る。

身を切るような寒さも忘れて、鈴木伊織は松本城乾小天守四階で呆然と佇んでいる。

拳のなかの繭が、笑ったような気がした。

4　貞享三年九月二六日

畔道《あぜみち》で馬を走らせている途中、葬列とすれ違った。

粗末な一行だった。ぼろぼろの野良着、素足に草鞋《わらじ》、髪はほつれ、誰もが農作業の合間に弔《とむら》いの用ができてしまったというでたちで桶《おけ》を担いでいる。坊さんの姿はない。武士の身なりの俺に会釈することもない。すすり泣きさえ捻出できないほどに、彼らは疲れ果てていた。

稲刈りを終えてがらんどうになった田だけが死者の旅路を見送っていた。ほかには何もない。名もなき百姓がひとり死んだだけのこと。悲しい知らせを伝える地方新聞もなければ甲斐甲斐しく世話を焼く葬儀屋もいないのだ。ましてや藩領の中央に鎮座する城が気にかけようはずもない。

俺は松本城を見下ろせる斜面の中腹に立ち、着物の襟元を掻き合わせた。

なんて風景だ。

荒れ地の底にぽとっと落とされたような城下町だ。盆地をぐるりと取り巻く嶺々から吹き下ろす寒風が吹きだまり、身を縮めている。

松本城の西側は沼地が広がり、そこを貫く大門沢川の上流には先日の大雨の爪痕が深く刻まれている。土手が崩れ、川が決壊し、収穫を目前にして押し流された田畑は痛々しい。いつか千曲といっしょに松本城大天守から見渡した市街地とはえらい違いだ。

東に視線を移して信州大学を探すが、それがあるべき場所を枯れすすきばかりが覆っている。女鳥羽川の河川敷との区別もつかない。国道や松本駅は言わずもがな。

それから千曲の家も。

斜面の山側を振り仰ぎ、あらためて喉元《のどもと》に苦いものがこみあげる。岡田村《おかだむら》の矢諸という地名に惹かれてやって来た俺を待っていたのは、失意と隣り合わせの諦念だった。

そこで暮らしている農民の誰かが千曲の祖先だったりするかもしれないなあなどとじっくり見て回ったのだが、千曲のばあちゃんを思い起こさせるものは何ひとつなかった。山すそにわずかばかりの荒れた田畑がへばりつき、桑の木もりんごの木もあるはずがない。荒れた地を走っていたら葦《あし》の間に沢がちょろちょろ流れていて、もう少しで馬が足を取られるところだった。

それがこの世界のすべてだ。特筆すべきものなどない。江戸時代に落とされた俺に与えられた景色はこれだけだ。

「……二十六夜神さまが……」

葬列のしんがりの農民が漏らす疲れた声を、秋風が運んできた。

「二十六夜神さまが降りていらしたって聞いたじ。だで水難もじきに収まるずら」

それを受けた別の農民がつぶやく。

「ばかったい。ただの話せ。本当に降りていらしてるんなら、三石三斗三升三合三勺の米をおれたちに分け与えてくれてるずら」

そのやり取りはひょっとしたら藩士である俺に聞かせるためだったのかもしれないが、あいにく俺は気休め程度の言葉さえ持ち合わせていなかった。それどころか寒々とした景色をまざまざと見せつけられて、奇跡を夢想する気力すら失っている。ありあわせの現実で間に合わせるしかないのは、俺も農民も同じだった。

伝説や奇跡が入り込む余地などない。

眼下の松本城がそう言ったような気がした。


川を渡り神社の森が見えてくると、俺は手綱を引き、馬の足を止めた。

「さすが鈴木伊織さま。目ざとい」

小穴善兵衛《おあなぜんべえ》は小走りで駆けよってきて、人好きのする赤ら顔でこちらを見上げた。

馬上から話をするのはどうにも慣れない。俺は乾いた地面に降り、馬の傍らに立つ。それこそが善兵衛の思惑通りなのだろうが、黄金色の稲穂を分ける一本道をのんびりした歩みでいざなわれながら、時候のあいさつをつぶやいた。すっかり寒くなりましたね、とかなんとか。

「まーず寒くていけねえ。今年は早くに霜が降りてせ、ほいでもおらほはまだいいじ、中萱村《なかかやむら》は稲刈りが終わってなんだで、はしから凍《し》み上がったってわ」

鈴木伊織が領内の踏査をしているのを知っていて、この外向的な庄屋はあけすけに語ってくれる。

それはいいのだが、小穴善兵衛は長尾《ながお》組楡村《ぐみにれむら》の庄屋だ。ここは長尾組中萱村で、善兵衛が道案内している先にあるのは中萱村の熊野神社だ。どういうつもりか隣村にかわってエスコート役を務めている。

「中萱のしょうは総出で稲刈りしてるで、多田のところに行っても誰もいないじ。おい、おしゅん」

と、勝手に俺の行く先が中萱村の庄屋の家だと決めつけて、田んぼのほうに手を振り娘を呼んだ。

稲刈りの手をとめて畔を登ってきた娘は、鎌《かま》を持ったままちょこんとお辞儀した。

「なんだおめさまその格好は。鈴木さまの前だじ」

そう善兵衛にたしなめられ、おしゅんは捲り上げていた着物の裾《すそ》をあわてて下ろす。

「ほうじゃねえ、そんなもんしてるのはおめえぐれえのもんだわ」

善兵衛が指摘したのは狸だか白鼻心《ハクビシン》だか、とにかく毛皮だ、娘が前掛けがわりに腰回りに巻き付けているものだった。

「やだくて。鈴木さまを差し置いて」と、おしゅんは腰から外した毛皮を俺の肩にかけようとする。「道中合羽《かっぱ》も着けなんで寒いずらに、鈴木さま。こんなもんでも風よけにはなるで、ときに使いましょ」

狼狽するのはこっちだ。若い娘が腰に巻いていたものを奪い取って平気でいられるか。「いやいや。そういうわけには」

「ほれ見ろ、おしゅん。そんな小汚ねえ毛皮、誰も着けたがらねえってわ」と、善兵衛。

そういうことじゃない。親が親なら子も子だ。配慮の方向があさってを向いている。

おしゅんは小穴善兵衛の娘だ。こんなゴツいおっさんの血を引いているとは思えないくらい、小柄で華奢《きゃしゃ》だ。小さな耳たぶは真っ赤、鼻の頭もほっぺたも真っ赤に火照っている。

「おぞいなりして、まーず町場で笑われてるじゃねえだかや。そんな格好でほうぼうとんだあって、見ぐさいずらに、まーずへえいけねえ」

どこかで聞いたことがあるようなお小言だ。善兵衛はおしゅんの格好がみっともないとしきりに気にしているらしいが、俺が気になるのはおしゅんの行動半径だった。

江戸時代というと誰もが窮屈に暮らしている、そんなイメージを俺は持っていた。農民は村に縛りつけられ、町人のテリトリーには足を踏み入れないものだと。

ところがどっこい、このおしゅんという娘は城下町に繰り出しては小間物屋の軒先で指をくわえ、旅籠《はたご》のおかみさんと世間話をしているという。それどころかよその村の小作人やその地主、あるいは庄屋と、誰彼かまわずおしゃべりして歩いているらしい。領内のどこにでも顔を出すというので有名で、だだっ広い松本盆地の北の端の村でもおしゅんの話を聞いた。総評としては、好感の持てる変わり者、といったところ。

「昨日は岡田村で重宝されていたみたいだな、おしゅん。おかげで稲の刈り入れがすっかり終わったと、岡田村の庄屋も感謝していたよ」

おしゅんへのフォローのつもりで言ったのだが、善兵衛はいい顔をしなかった。

「どうせ矢諸の小僧に言いくるめられて、いいように使われたずら」

「鈴木さまがいらっしゃる前に稲刈りを終えねえと具合が悪いっていうで、手伝っただけだじ」

「ばかったい。あの小僧はわかってねえだ。鈴木さまはおらほを見張ってるじゃねえだに」

「大門沢川のへりが崩れたってえらかっただだよ。そんで岡田のしょうが呼ばれて、だで稲刈りの手が足りねえっていうで——」

ああいい、いい、と善兵衛はおしゅんを遮《さえぎ》って、用事をいいつけた。

「先にとんでって多田に教えてやれ。ちょうど昼どきだで、向こうも用意があるずら」

おしゅんは、「わざわざせなんでもいいじゃねえだか。中萱のしょうもごしたいずらに」と父親に文句を言い、それからはっとして俺の顔を覗き込んだ。「ほうじゃないだだよ、鈴木さま。鈴木さまがいらしてくださるのはかまわないだ。ただ中萱のしょうが急いてるで」

「おしゅんの言うとおりです」と俺。

鈴木伊織の目的は村の歓待を受けることではない。おしゅんは利発な娘で、俺がそれをよしとしないことも、急ピッチで稲刈りをしなければいけないこともわかっている。しかしその父親である善兵衛は頑固さという点でおしゅんの上をいっていた。

「いいで行けや。おめさまには多田の都合ってもんがわかってねえ」

おしゅんは、あっそうか、という顔をして鈴木伊織の馬にひらりとまたがり、手綱を操って田舎道を駆けて行った。おっかなびっくり馬に乗っている俺とは違い、そりゃもう見事な手綱さばきだ。馬のほうもおしゅんが主人だったらよかったのにと思っているのは間違いない。

「まーず口ばか達者でじっとあちこちとんだあいって、そんだけならまだいいがかたっことくてる。おらほの男しょうは誰も貰ってくれねえ。おしゅんのほうもすっかりいじれちまっただか、へえだめど。いい話がありゃいいだが、鈴木伊織さま、誰かいないかや」

ええと。地獄の方言習得一ヶ月コースのいまいち頼りない読解力によれば、親でさえ手を焼くじゃじゃ馬娘を嫁にする気はないか、と遠回しに聞かれている。らしい。

俺は「ははは」と薄ら笑いを浮かべた。

それで善兵衛が機嫌を損ねたかどうかはわからないが、だって困るだろ、そんなこと打診されても。

おしゅんは一六歳と聞く。千曲の一つ下だが、そうは見えない。瘦《や》せて背も低く、日々の畑仕事のせいで肌の色も黒い。ちょっと可愛い男の子といった風情だ。言っちゃなんだが、これじゃ千曲が月の女神とあがめられるのもうなずける。おしゅんだって三〇〇年後に生まれていれば、千曲ていどには健康的で小憎たらしい女子高校生だろうに。

一ヶ月前、松本城乾小天守で衝撃の再会をはたした直後、千曲は言った。

じゃあね。あたし、忙しいから。

そうしてあっさり俺を見捨てて城を出ていった。いきなり江戸時代に放りこまれた理由をいっしょに考えてくれる相手を失い、封建制度下の松本という女子高校生の頭の中身以上に理解し難い世界に置き去りにされて、俺は求められるがまま鈴木伊織を演じるほかなかった。

そりゃどうしようもなく不安だった。途方に暮れた。絶望している余裕もなかった。自分の職務も、立ち位置も、それどころか生活にかかわるすべてがわからないんだから。だけど鈴木伊織をこなすのは、案外、というかギリギリセーフで、どうにかなった。

なぜか。

俺には予備知識があった。領内をまわって組手代《くみてだい》に会えばこいつの下にいるのはあの庄屋とあの庄屋だとか、忠直お抱えの紅毛流《こうもうりゆう》外科医のうちひとりは幕府の密偵の疑いありだとか、家老は権力欲だけは人一倍でありながらとんでもない小心者だからなかなか尻尾を出さないとか、その場その場でぽんっと頭のなかにデータが降りてくる。

そこに辿り着く経路が切れた記憶にちょっとしたことでアクセスできるようになった、というよりも、江戸時代にタイムスリップするにあたってはなむけを持たされた、という感じだ。

その一点を除けば心も体も巾上岳雪そのものだ。それなのに、鈴木伊織という武士の役職や立場にすっぽり嵌め込まれている。

俺が江戸時代で存在するために鈴木伊織の居場所を奪ってしまったのではないか。もしかして俺は地面に額をこすりつけて鈴木伊織に謝らなければならないんじゃないか。

そう考え出してしまった晩は、滂沱《ぼうだ》の涙に溺れそうになる。だけどちゃんと夜があけて東山にのぼった朝日がゆるぎない現実を照らすと、俺のほうこそこんなところに飛ばされて迷惑千万だっての、と腹立たしくなる。ああ、夢ならよかった。今日も江戸時代で目覚めてしまった。

夢ではないことははっきりしているので、俺は現実をやるしかないと自分に言い聞かせた。ありていに言えば、日常をこなすのだ。

このまま江戸時代の人間として一生をまっとうするしかないのなら、日々を生きる以外にできることはない。

って、マジか。もう帰れないのか。帰る方法はないのか。

今まで読んだＳＦ小説から得た知識を総動員してこの現象を説明づけてみようとした。タイムスリップの原理および問題点をあれこれ考えてみたが、いんちき知識も含めてそれらはなんの慰めにもならなかった。

この一ヶ月間、やらかした無駄な抵抗のことは話したくない。ふんどしはこりごりだカレーが食いたいと叫んだことも、お堀にダイブしたことも、除籍だけは阻止しようとありもしない信州大学を探したことも。

そして毎度毎度、当座の結論に至る。強盗に遭ったときのセオリーだ。無駄な抵抗はせずに相手の要求に従え。つまり今日も領内の見回り。

毎日どこかに出かけては、謀反《むほん》の気配はないか、治安のあんばいはどうだと耳をそばだてる。そこで何かアクションをおこすこともないし、その権限もない。江戸詰めの水野忠直の目となり耳となり松本藩内の様子をレポートするだけだ。鈴木伊織の藩士としての地位はあいまいで、武士階級のまんなかあたりにいることはわかっているが、忠直以外に後ろ盾を持たないので家柄重視の城中での存在感は薄い。それは藩士に限ったことではなく、俺を見る農民も敬意や警戒心の置き所が見つからなくて困惑しているふうだった。

こうして善兵衛と雑談しながら畔道を歩いていると、不思議な感覚に襲われる。おおむね人畜無害のお侍さんとして迎え入れられているところをみると俺には適性があるんじゃないかとか、居場所はここにしかないんじゃないのかとか。

善兵衛に先導されて熊野神社まで来ると、鳥居の手前、小川のほとりで立ち話をしていたふたり連れの一方がこちらに気づいてぺこりと頭を下げた。中萱村庄屋の多田加助だ。もうひとりはうっそうと繁る木立に紛れて神社の裏手のほうへ消えていった。

あ、今のは不確かな情報だ。元庄屋だ。多田加助はすこぶるつきの誠実な男で、全人類が加助なみのモラルを身に付けたらつまらなさのあまり自決ジェノサイドに至るんじゃないかってくらいのカタブツで、なお悪いことに心が熱い。その真人間ぶりが祟《たた》って農民の代弁者として組手代に何度もかけ合い、代官に会わせてくれと無理な要求を繰り返してウザがられたため、庄屋の身分を剝奪されて今に至る。

多田加助の要求は多岐にわたり、そして簡潔だ。

城中と農民が共倒れになるっつってんだろボケ、だ。

恥をしのんで告白すると、俺は江戸時代の農民はもっと純朴――率直な言い方では近視眼的な無知なのだと思っていた。業つくばりの権力者に抑圧されて、年貢が重い生活が苦しいこれもみんなお上のせいじゃ一揆じゃ一揆じゃー、てなもんだと思っていた。

とんでもない。年貢は負担には違いないが、藩を維持するために必要であることは理解している。ただ、その負担が村の事情や天候を考慮したものでないことが、あるいは不公平感を軽減するための施策がないことが、不満の種となりひいては労働意欲を削ぐのである。さらに長い目で見れば、貧窮や病に生産者が倒れてしまっては藩の収入も減る。双方ともそんな事態は避けたいはずだ。と、まあ、お説ごもっとも。ごめんなさい。

俺は感服しても、抜刀の権利を持つ人間が納得するとは限らない。手代のうなじには代官の、代官のうなじには奉行の、奉行には家中の、権力という刀が常に添えられているのだ。もちろん行き着くところは徳川だ。江戸城の住人が弱小藩の微小集落のことなど気にするはずがない。うまくできている。

多田加助は月に吼《ほ》えている。冷たい見方だとは思うけれど、残念ながら俺は俯瞰視点の所有者なのであった。

「これは鈴木さま。梓川《あずさがわ》を渡る風も冷たいでしょうに、わざわざこのような辺地までおいでくださいまして。鈴木さまのお目を汚さなければいいのですが」

庄屋といえばコネ入社婿養子専務も真っ青のぶくぶく太ったネコババ野郎を想像してしまうのは、二一世紀人の悪いクセだ。多田加助は粗末ながらもきちんとした身なりの痩身の男だ。日焼けで黒光りする額の下の眼光は鋭い。俺が会った庄屋はたいていが農民と苦楽をともにする面倒見のいいおっさんで、その庄屋たちが一目置くほど加助は村の維持に骨身を削っている。

耳にしたところでは陽明学を学んだとのことだが、陽明学とは何かは俺に聞かないでくれ。要は学のある、たいへん理知的な人間ってことだ。そのうえ物腰が低く、かといって卑屈でもなく、のんべんだらりと大学生活を送っているくせに偉そうに家庭教師なんかしやがるどこぞの若造がゴミに見える存在だ。

だから下手な小細工は通用しないだろうと俺は結論した。

「代官が心労のあまり床に臥《ふ》したぞ。手代がパラノイア——妄想に取り憑《つ》かれて毎日のように訪ねてきてわめくと言って。中萱村を警戒しろと忠告するのはいいが、根拠もなにもない。自分の力量を棚に上げてこっちに押し付けようとしている、とかなんとか」

加助は眉ひとつ動かさなかった。

「それこそが怠慢の証しでありましょう。手代の妄言も代官の病も」

人聞きの悪い、鈴木さま。そう加助がしらばっくれられる人間ならよかった。そしたら俺はへー、そーなんだ、と言って回れ右してあとは知らんぷりを決めるのに。

それに善兵衛も浮かばれない。中萱村はお上にたてつこうとしてなどいません。どこにその兆候がありますか？　とすっとぼけるための心の準備を加助にさせたかったんだろうが、その配慮は伝わらなかった。せっかくおしゅんに馬を走らせたのに、ナイス一計がパーだ。苦虫を嚙みつぶしつつ半笑いを浮かべている。

「して、鈴木さまは直に足を運んでいらっしゃった。家中への書状にしたためる文言を集めに？　それともご親切で？」

「わかってるだろ、俺は縦割り藩政からつまはじきにされてるって。城主不在中の領内の様子を聞き伝えるだけの、水野忠直の飼い犬だ。城中に密告屋と話をするバカはいない」

加助と善兵衛はさっと顔色を変えたりはしなかった。

みんながみんな藩主の名前を聞いて震え上がると思ったら大間違いだ。水野忠直に報告するぞという脅し文句が通用するのは帯刀している人間だけだ。百姓はそうはいかない。

忠直侯がぎゃんぎゃんわめくのは城中限定だ。家中には倹約、慇懃《いんぎん》につとめよと口やかましく推奨し、そのくせ自分は鷹狩り川漁に興じ、能太夫まで囲い込む放漫っぷりは誰もが知るところだ。百姓のことなど気にかけようはずもない。放任主義の担任教師を持つ子供に、先生に言いつけてやる、の決まり文句が通用しないのは当たり前。

加助も善兵衛もふーん、だから？　って鼻をほじったんすよ、と忠直にチクってやろうか。あの藩主に仕える武士なら誰しも、その目玉を飛び出させてやりたいと考える。いつか目玉の裏にぎっちり詰まったおがくずをほじくり出してやるんだ。

不毛な夢想を頭から追い払い、俺は言った。

「さっき、梓川と言ったな？　どうして俺が犀川《さいかわ》でなくて梓川を渡ってきたと知っている？　何を警戒している？　なぜ楡村の庄屋がここにいるんだ？　さきほど立ち話をしていた相手は堀米《ほりごめ》村《むら》の庄屋の息子だろ？

ここから先は誰の耳にも入れるつもりはない。ただ加助、噂はすでに漏れ伝わっている。複数の組が結託して強訴《ごうそ》を計画していると」

今度も、ふたりの庄屋は表情を変えなかった。

江戸時代の農民でも、行政に声をあげる手だてがまったくないわけじゃない。ただ、身分が固定化されているように、きっちり段階というものがある。市役所の市民課の窓口で市長を出せと激怒している人を見かけたことがあるが、そういう人はいちど江戸時代に来てみたらいいと思う。

ふつう、農民は村ごとの庄屋に相談をもちかける。庄屋はそれを組手代に陳情し、組手代は代官に、代官は奉行に、と順繰りに意見を上げていく。この順番を破って、たとえば庄屋がいきなり奉行のもとに赴くことを越訴《おっそ》という。

もちろん越訴は罪を問われ、陳情内容にかかわらず罰せられる。手順を踏まない無礼はすなわち、幕藩体制そのものにたてついたことになるからだ。

松本市役所で市長を出せと騒いでいた人は逮捕すらされなかったろう。いい時代だった。

強訴というのは、徒党を組んで暴力的に訴えをおこすことだ。つまり一揆だ。システムへの反抗としてこれ以上のものがあろうか。もし俺が長尾組の手代だったら、多田加助が強訴を計画しているという噂の、そのほのかな香りが匂っただけでも震え上がってとんずらしてる。

だが、ずばり強訴という単語を口にした俺を、善兵衛は臆することなく見つめ返してきた。

「だとしても鈴木さま、領内のどこのしょうに聞いてもらってもかまわないだが、ひとりとして決行の日ひとつ答えられないと思うじ。そんなおぞい計画があるかや。不平不満が溜まった百姓どもの妄想とへえ変わりねえ」

「と、代官も言っていた。手代が百姓の話を聞くだけ聞いてやって追い払えばいいものを、ってな」

でしょうね、と善兵衛はうなずいた。俺が代官の希望的観測をこれっぽっちも信じていないのは承知しているようだった。

「本気なのか？　強訴を実行すれば重罰は免れないぞ」

「鈴木さま。今日はそれを思いとどまらせようとおいでになられたので？」

俺は頭を横に振った。

めっそうもない。ここが江戸時代で——本気の江戸時代で、千曲が語ってくれた史実が本当なら、多田加助は年貢減免を要求して百姓一揆を主導する。

その事実に気づいたとき、俺はどう混乱したらいいのかわからないくらい混乱した。

多田加助の伝説など、江戸時代に放りこまれてからしばらくのあいだは、ちらとも脳裏を横切りもしなかった。鈴木伊織として領内を歩き回り、ここ中萱村ではじめて多田加助に会ったときに、ショックが全身を貫いた。

話のなかの登場人物だと思っていた人間が、目の前にいる。

それまで半分がたこれは夢なんじゃないかと思っていた自分がどこかに吹っ飛んでいった。ここに至ってようやく胸に落ちたのだ。俺がいるのは本気の江戸時代だと。目の前にいる人々は本当に生きているのだと。

では、二一世紀の松本城で千曲に聞かされた話はまったくの創作ではなかったのか。そこにいくばくかの史実が含まれているのなら、どこまでが本当か。

俺は鈴木伊織であることを利用して多田加助とその周辺を調べに調べた。中萱村を受け持つ手代からも代官からも話を聞いたし、加助の交友関係も洗った。とりわけ千曲の話を裏付けたのは貧窮にあえぐ村人の暮らしぶりだった。それにこの身を切るような風。冷夏の爪痕を、北アルプスから忍び寄る冬の気配が押し広げて血をしたたらせようとしている。

実際、この貞享三年に、松本藩は年貢米の増徴を決め、三斗から三斗五升に引き上げている。事実はまげられない。誰よりも農民の困窮に心を痛める多田加助を立ち上がらせるための舞台は整っていた。

歴史というものがどれほど強固なのか俺にはわからない。今まで読みかじってきた時間ＳＦに知恵を借りれば借りるほど、わからなくなる。

親殺しのパラドックスという話がある。自分が生まれる前の過去に遡って自分の親を殺害したら、この自分はどうなってしまうのだろうというやつだ。それに対するアンサーは数多の小説家が提示しているが、誰もが認める決定版というものはない。

たとえばここで俺が腰にした刀で多田加助を叩き切ったとしよう。一揆はおこらないかもしれない。加助に代わって善兵衛が主導者となって因果律の綻《ほころ》びが修正されるかもしれない。それとも松本盆地の貧しい村で発生した綻びが別の綻びを誘発して、歴史の亀裂をどんどん深化させ、この世界をまるごとジャンクの山に変えてしまうかもしれない。ことによると鈴木伊織はおろか巾上岳雪という存在をディスポーザーに突っ込んでトラブルの種を排除し、平穏を取り戻そうとすることだって考えられる。それだけは願い下げたいところだ。

親殺しのパラドックスと対面する覚悟なんて俺にはありゃしない。それに頑固者を説得する度量も。

というか、この光景を前にして部外者に何が言えよう。

「ひどいものでしょう」俺の視線の先を見て取り、加助は田に降りて稲穂の先をつぶしてみせた。

「ほとんど実が入っておりません」

籾《もみ》は加助の指の間から風に散り、あとにはなにも残らなかった。丈は短く、重さでたわむこともない穂が、北アルプスの山肌沿いに吹き抜ける寒風に揺れている。見るからに発育不足、冷害の被害は甚大だった。この光景は領内どこでも共通だ。

それは今年に限ったことではないらしく、忠直襲封いらい凶作が続き、藩庁の経済的基盤をゆるがしている。

この年、九万余人の領内で出た餓死者はついに三千人を超えた。病死者と合わせればじつに五パーセントもの人口減少率だ。経済成長率に与えるインパクトを予測するだに恐ろしい。

「ここへ来るまでのあいだ、島立《しまだち》組で葬式を五件も見た。上野《うえの》組では連日の夜盗と猪の襲来で畑が壊滅したと聞いてる。岡田組は大門沢川が崩れて田が流された。苦しいのは長尾組だけじゃない」

加助は島立と岡田におくやみを述べたうえで言った。

「だからこそ。中萱村だけが苦しいのなら、中萱村が我慢すればいいだけのこと」

「じっと梓川左岸は不利を被《こうむ》ってきただよ。取水《しゅすい》口は右岸よりも下流にあるで、田に行き渡る水を確保するのがやっとだじ。日照りの年は湿った土は乾いた砂礫の下、芋だってできやしねえ。水が出たと思ったらこんだ暴れ川が田を流す」

そう善兵衛が強面《こわもて》をしかめれば、加助も切に訴える。

「そこへきてこの大凶作続き。百姓の忍耐はとうに底をついていますう」

「去年、川向こうのしょうが石を詰めた俵を納めてえらい騒ぎになったわ」

「佐野《さの》村では苛烈な取り立てに投石、抜刀騒ぎがあったと聞きます」

「それもこれも家中がずくなしのせいだで。取水の采配もしない、護岸もせなんで年貢を上げようったって、ない袖は振れんじ。大工のしょうだっておまんまの食い上げだってわ」

ほんとにそうだ。行きすぎた公共工事叩きが不景気を長引かせている二一世紀とおんなじ。というか、もっとひどい。忠直がコツコツやるタイプだったら、ここまでの不況にはならなかったろうに。そのうえ年貢の増徴だ。現行の三斗を三斗五升に引き上げるときたもんだ。やってられっか。

今じゃ俺も年貢ってもんをちょっとは理解している。何が一俵に対して二斗五升の税率だよ。千曲の説明は、テキトーにもほどがある。

米は籾つきのまま俵に入れて藩に納められる。そのさい、籾摺《もみす》りして玄米にしたら二斗五升になるように米を入れなさいよ、ということなのだ。一俵は五斗で、ふつうこれを摺ると二斗五升になる。つまり年貢三斗五升というのは、ぎゅう詰めで特大の俵をこさえろという意味だ。考えることがセコい。

ちなみに隣の高島藩は二斗五升。そりゃムカつくよな。

「せめて三斗のまま据置き。じゃねえと村さらなくなっちまうわ」善兵衛は唸った。

だが加助は首を振った。

「二斗五升」唇を真一文字に引き結び、「三斗の今でさえ飢え死にする者が出るありさま。二斗五升です」

「だけどな、加助」

「誰かが声をあげねばなりません。もう限界なのです。溜まりに溜まった不満が爆《は》ぜようとしているのなら、それが向かう矛先を示してやる者がいなければさらに酷い世になりましょう」

「だけどな」

続きを言いかけたとき、神社の粗末な祠の陰から乳飲み子を抱いた女性が顔を出して、加助に呼びかけた。「もう皆集まってるで。用意していいだね」加助の妻だ。

「うん、頼む」

家族にむける加助のまなざしを、俺はまともに見ることができなかった。

神社では村の人々が刈り入れの手を休めて人望厚き元庄屋の到着を待っていた。痩せ細った彼らは重労働に疲弊していたが、加助と善兵衛を迎える視線にあるものは一縷《いちる》の希望だ。

「ちょうど昼どきだで。鈴木さまも休んでいきましょ。いや何も懐柔しようってんじゃないだよ。どこの村だって鈴木さまなら歓迎するじ」

善兵衛はそう言うけど、俺の気掛かりはそれじゃなかった。

俺は別に治安維持に燃えているわけじゃない。加助の強訴を阻止する資格なんかないし、役人どもに加助の訴えを汲み上げるよう助言する立場にもない。ましてや忠直が俺の言葉に耳を貸し、年貢増徴を取り下げるとも思えない。

ただ、瞼に焼きついてはなれないんだ。鼓膜にこびりついて取れないんだ。

崩れ落ちる松本城が。呪いの絶叫が。

あれはおまえだろう？　加助。

二斗五升と叫んだのはおまえだろう？　怨念の松本城という伝説を残す叫びを発するんだろう？

おまえは死ぬんだぞ。わかってるのか、加助。そのうえ願いは聞き届けられない。無駄死にに向かって突き進んでいるんだぞ。

「加助」

鳥居をくぐるところを呼び止める。

「覚悟はしているのか？　妻子に二度と会えなくなるかもしれなくても？」

「承知のうえです。鈴木さま」

まっすぐ、俺の目を見て加助はそう言った。

そうしたらいったい俺に何が言えよう。

社叢《しゃそう》も葉擦れのささやきを慎んで、ぴんと背筋を伸ばす男を見下ろしている。どんな大木だって、加助が天に突き上げる拳を覆い隠すことはできないだろう。

境内《けいだい》に足を踏み入れる加助は、まるで黄泉《よみ》の国へ歩《ほ》を進めていくようだった。

その背中を見つめるしかない俺は、ただの傍観者だった。その事実を嘲笑《あざわら》うかのように、にわかに吹いた風が木立を揺らした。おまえはそうやって風になぶられてばかりいるのがお似合いだよと。

加助に続いて鳥居をくぐり俺を招き入れる善兵衛が、思い出したように表情を緩ませた。

「はぜかけも終わってないでたいしたもてなしもやれえないだが、ちょうど二六日だで」

「二六日？」

首を捻る俺に、善兵衛は神社の祠の前あたりを指差した。そこでは村人がわいわい輪を成している。

「おかわいそうに、二十六夜神さまは城ではなくておらほにいらっしゃった」

えええ。

二十六夜神、ということは。

はたしてそこには高校の制服姿の千曲がいた。村人に囲まれて、子供相手にあっちむいてホイのルールを教えている。

なにやってんだ。

しかも連続で負けてるんじゃねえよ。あ、巾上君、子供の動体視力ハンパないねえ、じゃねえよ。

「おまえ、いったい今までどうしてたんだ。どこに行ってたんだ。俺がどんだけ――」

「いやー、なんか行き違いがあったみたいで。あたしもね、巾上君を探してたんだけど、これがなかなかうまくいかなくってさ、やんなっちゃうよね。でもよかった、元気そうで」

「探してた？　お城でさっさと俺を見捨てたくせに」

すると千曲は心外だなあ、というように二度ほどまばたきした。

「本当だったら。巾上君を捕まえようと思ってさ、お城にも何度も行ったし。だけど、どうもすれ違っちゃうみたいで、こりゃあ次のチャンスを待つしかないかなって」

「何言ってんだ。俺はずっと城下にいたぞ」

「だから待ってたんだよ。今日、中萱村に来るっていうから。会えてよかった」

「俺が今日中萱村に来るって、誰に聞いたんだ？」

「だって来たじゃん」

誰か千曲に理路整然とした話法を教えてくれる人はいないか、とあたりを見回したが、それは家庭教師たる俺の役目なのであった。

「よし、いいだろう。おまえは俺といっしょに松本城を見学していて倒壊に巻き込まれた。これは間違いないな？」

「うん。びっくりした。柱とか壁とか落ちてきて、巾上君が死んじゃうんじゃないかと思って、でもでもどうすることもできなくて、ほんとにあたし、」

「それはいい。で、目覚めたら江戸時代だったと。あの晩、なにがあったか話してみろ」

「あの晩ってどの晩？」

「おま――」

出かけた説教をおしゅんが遮ってくれた。

「二十六夜神さまと行き会ってただ？　さすが鈴木さまだ」

「いや、あの」

「ほいで二十六夜神さまのお話がわかるで、たいしたもんだ。おらほはおどけちまってへえだめど」

「だめじゃないよ。いきなりおじゃまして、驚かせちゃってごめんね」と、千曲。

それだ。「俺を待つにしろ、稲刈りちゅうの村を訪問することはないだろ。城中でじっとしていればよかったんだ」

またしてもおしゅんが口を挟んできて、千曲の、というか二十六夜神の肩を持った。

「や、鈴木さま、二十六夜神さまはお城にいれえないで困ってらしてるだよ」

村人たちも口々に加担する。

「お城がいけねえだよ。二十六夜神さまもおかわいそうに。はーるかぶりに月から降りてきて、何もなしだ。そりゃせつなかっつら。ほんでもおらほを気にかけてくだすってせ」

「ありがてえじゃねえかい。お城をお見捨てになってもおらほをお見捨てにはならねえ。さすが二十六夜神さまだ」

どうやら本気で千曲を二十六夜神だと思っている。時代設定に合わない千曲の服装を天女だからということで片づけているようだった。

「二十六夜神さま、天上のしょうはみんなそんな綺麗なものを召してるだ？」

じゃじゃ馬といえどもそこは十六歳の女の子だ、おしゅんは神さまがそこにいるという事実よりもファッションに関心の大半を奪われている。

「うん。みんな着てるよ」

「この反物《たんもの》、何で染めてるずら。えらいまてーな針だなあ、いいなあ綺麗だなあ」

しまいには千曲の巾着を揉みしだき、羨ましがる。

「かわいいなあ、かわいいなあ」

マジか。ダサい公式キャラクターを撫でさすってやがる。それを受け入れているぷすぞう。双方ともにっこにこだ。まんざらでもない千曲の表情の小憎たらしいことといったら。

みんな稲刈りで疲れたずら、腹ごしらえしてくれやと、加助の妻とばあさまが何やら運んできて皆に配った。おごっそだ、おごっそだと子供たちがはしゃぐ。

まさかイナゴじゃあるまいな。あれはダメだ。とくに足が喉にひっかかるのがいけない。

「はい、鈴木さまも」

警戒する俺に手渡されたのは、ビジネスホテル備え付けの石鹸サイズの軽い直方体だった。

ええとこれは、凍《し》み餅《もち》だ。フリーズドライの保存食。さすがに夏越しは無謀なのか、つんとカビの臭いが鼻をついた。

「つきたての餅というわけにもいかず、去年の暮れにこさえたものですが。何かのおりにと、取っておいたのです」

加助がすまなそうに言うと、村人は口々に異存を唱えた。

「そりゃいけねえ。おめえん家《ち》だって食うや食わずじゃねえか」

加助は呵呵と笑い、

「そう言って春先の田植えでも断ったじゃないか。二十六夜神さまも鈴木さまもおいでだし、せっかくだからあがってくださいよ」

大人たちの押し問答をよそに、千曲とそのとりまきのテンションは急上昇だ。

「二十六夜神さまばっかり三つも。いーいなー」「神さまはいーいなー」「なー」

「ほんでも神さまだで、おらほにくださるだだよ、きっと」

おしゅんがいたずらっぽく笑った。

その足元にいる子供たちが手にした凍み餅はひとつずつだ。おしゅんのぶんはさっそくもぐもぐやっている子供の口のなかなのは間違いない。

さすが二十六夜神さま、気前がいい。という展開を期待したのだが、千曲は困惑の表情を浮かべ、

「ええとお……凍み餅はね、巾上君に」と、俺にその役目を振った。「くれるから」

まさかの出し惜しみ。

俺にねだれってか。こんな食い意地の張った女神なんて聞いたことないぞ。

力の限り千曲を睨んでやったが、どこ吹く風、さっさと巾着に凍み餅をしまい込みやがった。

まったくもって嘆かわしい。それに比べておしゅんの慎ましさときたら痛々しいくらいだ。

「だめだだめだ、鈴木さまから貰うわけにゃいけねえ」

いいんだよ。どうせカビの臭いにビビってるんだし。

「おしゅんはほれ、あれだから。鈴木さまにごたなとこ見せたくねえずら」

「これ、やめてやりましょ。おしゅんだって娘っこにちげえねえで」

村人にからかわれ、かわいそうに、おしゅんは首まで真っ赤だ。

「そんなんじゃねえだ。ただ困らせちゃなんねえと。鈴木さまは立派なお人だ。鈴木さまぐれえじゃねえだか、分け隔てなく声をかけてくれるのは。おらほを気にかけてくだすって――」

もう勘弁してくれ。こっちまで赤面してくる。

おしゅんに凍み餅を押しつけ、俺はそそくさとその場から退散した。

くそ、千曲のやつ。会ったら聞きたいと思ってたことがどっさりあったのに、これだ。女神さまという立場にあぐらをかきやがって。呑気に村に馴染んでやがって。俺たちは二一世紀の人間なんだぞ。

松の木にくくりつけてあった手綱をほどき馬にまたがろうとしたとき、

「待って待って、巾上君。どこ行くの」

千曲が巾着を振り回しながら追いかけてきた。

「仕事」そう、鈴木伊織はお仕事中なのである。「報告しなくちゃならないんでね」

「報告って、江戸に行くの？　これから？」

そうだとも。それがここでの俺の役割らしいからな。

「おまえはいいよな。加助の運命を知っていながら、百姓の窮状を見ていながら、お気楽に神さまやってりゃいいんだから。俺はそうはいかないんだよ。ただの人間だからな」

千曲は一瞬、なにかが胸にぐっと詰まったような顔をしたが、すぐにくってかかってきた。

「はあ？　巾上君はわかってないんだよ。あたしたち、ここで――」

「俺はただの人間としてここで、一七世紀で生きるしかない。しかも巾上岳雪としてじゃない。ここにいられるのは鈴木伊織だ」

「違うよ。そうじゃないよ」

「二一世紀に戻れないってんなら、俺はここでやるべきことをやるまでだ。鈴木伊織の範囲で」

「何言ってんの、誰が決めたの、そんなこと。巾上君は巾上君だよ」

「それでも鈴木伊織だからこそできることがある。鈴木伊織なら加助を救える。二斗五升と叫ばせるのを阻止して、怨念の松本城などという伝説など作らせない。

おまえ、神さまなんだろう？　ちょいと気象をくすぐって春を呼んでみろよ。つきたての餅を降らせてみせろよ。その役だからこそできることがあるだろ？」

今度こそ、千曲は言葉を詰まらせた。

たぶん、俺はちょっとばかり八つ当たりしたかったんだと思う。鬱憤《うつぷん》をぶつける相手としちゃ神さま以上の適役はいない。理不尽な目に合ってる俺のと、追いつめられている農民たちのぶんもあわせて。

だけど神さまに傷ついたような顔をされてはさすがの低俗も引っ込む。言いすぎたと謝ろうとした。のに、

「巾上君、ひょっとして、歴史を変えたら二一世紀に帰れるなんて思ってないよね？」

言葉を失うとはこのことだ。

千曲の一言は俺の心のうわべをひっかいて、その下にあったものと対面させた。

なんだよこれ。

親殺しのパラドックスのことは、さんざん考えた。考えに考えて、俺がやることは鈴木伊織の範疇《はんちゅう》を超えない、そう結論した。そうでなければ因果律は狂ってしまう。

だから俺は安心して行動できる。そんなふうに考えることにした。

でもそれだけじゃなかった。千曲の言うとおりだ。歴史を変えたら異物として時間の法則からはじき出されて、もとの場所に戻れるんじゃないかと期待している自分が、そこにいた。

「……サイテーのクズ野郎だ、俺は」

「や、ふつうだと思うけど？」

フォローなんて自己嫌悪を再確認するのに役立つだけだ。

歴史を変える？　バカいっちゃいけない。

何が加助を助けるだ。自分が二一世紀に帰りたいだけだろ。

それに歴史を変えるポジションにいられるほどたいした人間な気分でいたのか？

考えてもみろ、一七世紀のド田舎に女子高校生が堂々とうろうろしてても因果律はまるで意に介していないじゃないか。それに……、と、着物の上から懐にしまったお守りに触れる。固いふたつの球。繭玉だ。松本城大天守最上階で拾いあげて、なぜか俺といっしょに時間を遡ってついてきた。その因果律の綻《ほころ》びはやんわりと吸収されて排除されることなくここにある。

そうした事実を無視したかったのは、ほかならぬ俺だ。

「消防士とかもさ、自分が死なないのを第一に考えるって言うじゃん？　おんなじだって」

ぜんぜん違う。

「だから巾上君。これを持っていって」

と、千曲は手にしているものを差し出した。村の子供に分け与えなかった凍み餅が入っている巾着だ。

はなむけのつもりか知らんが、あんまりだ。

「……おまえな、おしゅんたちを見て何も思わないのか？　加助がどうなるか知らないわけじゃないだろ？

もう少し真剣になれよ。まわりを見ろよ。自分の置かれた状況ってもんと向きあえよ。

そんなんだから受験勉強にも身が入らないんだよ。我が身かわいさで行動するほうが、何もしないよりよっぽどマシ――」

「そーだよ。だから巾上君は凍み餅をおしゅんちゃんにあげちゃいけなかったんだよ」

なんだよそれ。

どこまで俺は利己的でなきゃいけないんだよ。

次の瞬間には馬の背に飛び乗って、思いっきり馬の腹を蹴っていた。

「巾上君！　待ってったら」

松本市公式キャラクターぷすぞう付き巾着をぶん回しながら千曲が追ってくるが、知ったこっちゃない。何言ってんだあいつ、メチャクチャだ。なんの了承もなしに一七世紀にぶち込まれたストレスをさっぴいてもひどすぎる。

尖った寒風を顔面で受けて手綱を握り、自分が千曲以上にメチャクチャなのを努めて考えないようにした。俺はバカなんだと思う。歴史は変えられないと確信しておきながら馬を走らせている。鈴木伊織はどうだか知らんが俺にはできると思いたがっている。そうでも思わなければ槍ヶ《やりが》岳《たけ》のてっぺんから身投げしてしまいかねない。

俺は江戸に向かおうとしていた。

主君、水野忠直に目通りするために。

5　貞享三年一一月二一日

いや、ナメてました、すんません。

当初のプランでは三、四日あれば江戸に着けるはずだった。

うちの殿様の参勤交代ルートを使い、保福寺峠《ほふくじとうげ》を越えて北国《ほっこく》街道に入り中山道《なかせんどう》を行ったのだが、これが険しいのなんの。殿様の場合は駕籠《かご》に乗り、献上品をどっさり携え、槍や鉄砲はもちろん旅行費銭がぎっしり詰まった金箱、長持、櫃《ひつ》を山ほど、一〇〇人以上の大所帯で一〇日前後の旅だというから、単騎なら途中の宿場でまる一日すごしたとしても長くて四日だと思ったのだ。とんでもなかった。

まず出だしでコケた。

保福寺街道に入ってもいない。その手前、稲倉峠《しなぐらとうげ》で土砂崩れがおきていた。

ここを駕籠が通ったって？　嘘つけ。本当だとしたら幕府による弱小大名へのいじめだ。人ひとりが歩くのがやっと、馬が怖がって進みたがらないような山道だ。

そこを巨岩と土くれが塞いでいた。しかたがないので引き返し、北に大きく迂回して善光寺《ぜんこうじ》街道から保福寺街道に入らなければならなかった。

疲れきって、その日は保福寺宿で一泊。

それがケチのつきはじめ、なんとか北国街道に入ってからも災難は続いた。何が気に入らないのか知らんが、小諸《こもろ》の宿でつまらないいやがらせをさんざん受けた。

ダニだらけの布団をあてがわれたり草鞋を隠されたり返事もしてもらえなかったり。地味に精神を削るあれやこれや。宿の主人はうちの藩は延宝《えんぽう》からずっと赤貧だ、松本はえらく栄えてるっていうじゃねえか、松本から来たってだけでここらの人間は気に入らないんだよ、という意味のことを言っていたが、わけがわからん。

宿を出て、街道を歩く地元民の冷たい仕打ち（通せんぼとか帰れコールとか）に辟易《へきえき》していたところで、今度は山賊に取り囲まれた。本来は碓氷峠《うすいとうげ》を根城とする連中だそうだが、このご時世、ひもじい猪よろしく山から下りてきて腹を満たしているという。もしかして宿の主人とグルなのかもしれんが、そのへんはなんともいえない。

結果、宿でいやがらせを受けて気が立っている馬と俺と山賊どもの大乱闘になった。

山賊が振り回す鉈《なた》も恐ろしかったが、蹄《ひづめ》に腹を蹴破られて内臓を飛び散らせるのだけはごめんこうむりたかった俺は、熊笹繁る山林に逃げ込んだ。倒木の陰にしばらく身を潜めていたが思い切って街道に降りてみると、山賊はもちろん馬の姿もどこにもなかった。

徒歩かよ。

まだ中山道に入ってもいない。ここから先、歩いて江戸まで行かなきゃいけないのか、俺。

懐の財布が盗られなかったのが不幸中の幸い。あ、それとお命と。

中山道との合流点、追分宿《おいわけじゅく》になんとか歩いて辿り着き、さすが大きな宿場町だ、いやがらせを受けることもなく、馴れ馴れしい飯盛女を追っ払って宿で死んだように眠った。

そして本当に死ぬ目にあった。

翌日の朝、体じゅうのきしみと頭痛で起き上がれなかった。汗はだらだら、動悸はトップスピード、熱はみるみる上がって視界はダイナミックに回った。腕に熱を持った赤い筋が走り、それが膨れ上がって痛いのなんの。

傷から悪い虫が入ったんだね。

と、宿の大将は言った。山賊との乱闘のさなか、あるいは森のなかを必死で這いずったときにできた傷はそれこそ無数にあった。まさか破傷風じゃ、と朦朧《もうろう》とした頭の隅によぎり、悪寒とはまたちがう寒気に背筋が凍った。そのうちリンパ管が腫《は》れてきて、どうやら破傷風ではないことが判明したけれど、なんの慰めにもならなかった。怪我してすぐにヨモギを噛んで張り付けりゃこんなに腫れなかったずらに、という大将のありがたい忠告は抗生物質と同じくらい遠かった。

悪化したらどうなるんだ、合併症とかあるんだろうか、治療法はあるのか、その苦いお茶が利くとは思えないんだが。などうわ言をわめいた気もするが、救急車を呼んでくれと叫んで、そのかわりに祈禱師《きとうし》を呼ばれたのが一番キツかった。

悪夢は見なかった。加助たちを救えたら二一世紀に帰れるかもと淡い期待を描いていたのはおまえか。ヒーローになるどころか雑菌一つでこのざまだ。部屋の隅でそう笑っている自分を見ただけだ。

そうして一ヶ月。そう、なんと一ヶ月もの長逗留《ながとうりゅう》とあいなった。

武士の借金は取り立てが事実上困難なため宿の大将はあきらめ顔で俺を送り出してくれたが、無理矢理その手に借用書を押し付けて出立した。馬はない。体力も万全というわけにはいかないけど、ふつうに歩けば一日四〇キロはいけるはず。

甘かった。

確かに初日は高崎まで行けた。鼻緒があたる足の指の股はぐじゅぐじゅ、ふくらはぎはひきつれ、膝の関節が悲鳴をあげてはいたが。二日目はそれに筋肉痛と前日の疲労が加算され、三日目になるともう苦行以外のなにものでもなくなった。日を追うごとに歩みは鈍くなり、もしかして地面が延びて江戸がどんどん遠ざかっているのではと思い始める始末だった。

へとへとで江戸に辿り着いたとき、すでに暦は一一月に突入していた。

冬も本格始動して、江戸とはいえ身を切るような寒さに歯の根も合わない夕暮れ時、倒れ込むように日本橋の江戸屋敷の門をくぐった。江戸詰めの武士たちの間にはぴりぴりした空気が張りつめていた。だから、警護の武士が口を開く前に、そいつの言うことがわかった。

「はるばる来たところ悪いが、お目通りは難しいぞ。ここのところご領分の諸事に煩《わずら》わされていてな、殿もお役目を思い出されたという次第だ」

俺は遅すぎたのだ。

「ひどい顔をしておるな」

ようやく対面できた我が主はそう言った。

接見を申し込んでからまる一〇日、のらりくらりと先延ばしにされた末に頂戴できたもったいないお言葉だ。

「殿よりも鈴木さまのほうが薬湯が必要なようにお見受けできますな」

水野忠直侯の傍らで、薬缶を手にした侍医が軽口をたたいた。

小林《こばやし》有也《なり》とかいう、藩主江戸詰めにも随従するゴマ擦り医者だ。三〇歳間近の若さで忠直にとりいって、その信頼を一身に集めている。人好きのする笑顔を絶やさないイヤなやつだ。薬缶から椀《わん》に注がれた薬湯は俺にではなく、ぴんぴんしている忠直の手元へ。

我が主は薬湯で唇を湿らせ、一言。

「して、耳に入れたいこととは?」

俺が元気いっぱいでなくてよかったな。そうだったらフルパワーで忠直をぶん殴っているところだった。あるいは自分を。

一〇日間、忠直に会うこともできず屋敷の周辺をうろうろしているしかなかった俺のもとにも、ニュースの詳細は伝わってきた。

忠直留守中の松本で、ご領分総百姓の代表だという者が一通の訴状を手に郡奉行所の戸を叩いたという。

やりやがった。

多田加助はノイローゼぎみの代官の頭上を飛び越えて、強訴に踏み切ったのだ。

一〇月一四日のことだ。

一ヶ月以上も前だ。

加助が意を決して立ち上がったとき、俺ときたらつまらない感染症に罹《かか》ってぐうすか寝ていたのだ。

自分の歯ぎしりで頭蓋骨が割れるかと思った。予定通りに江戸に着いていたら。いや、山賊に襲われるような間抜けでなかったら。

このままでは藩を揺るがす騒動がおきるかもしれません。家老は上司の不在をいいことにやりたい放題の独断野郎、それ以外はおしなべて腰抜け野郎です。今の家中は事態収拾能力皆無です。

用意していたセリフがパーだ。

俺は役立たずだった。並の役立たずじゃない。特別製の役立たずだ。

事の成り行きをせがむ俺に、誰もが哀れみの心をもって教えてくれた。

どうなったって？　怒り狂った百姓が居座ってやがるんだぞ。まる四日も、だ。総堀の外が蓑《みの》で埋め尽くされて、城外の武家屋敷は投石され、武士と見るやよってたかって襲いかかってくる。騒ぎに乗じた強盗が入り乱れ、夜も寝られない。城下を人質に取られているも同然だ。そりゃあ、音《ね》を上げるってもんさ。

いいや、違うね。殿の不在中に騒ぎが起こったとなればただではすまない。とりあえず事態を収拾しようって、それぱっかりだったさ。

意見や憶測はまちまちだったが、みな、松本にいなくてよかったと思っていることだけは一致していた。

それが一〇月一四日から一八日にかけて松本城を揺るがした騒動だ。

加助と善兵衛の計画は領内の隅々まで事前に知れ渡っていた。決行の日を今か今かと待っていた百姓たちは、加助がとうとう動いたと知るや、松本城大手門に押し寄せた。その数、一万余人。領民のじつに九人にひとりが加勢した計算になる。

「奉行所では百姓どもの動きは察知していなかったという。騒ぎになりかねない気配はあったがそれがいつとも囁かれないので、ただの話にすぎぬと看過していたのだそうだ」

「やつら、いったいどうやって日時を示し合わせたのやら」

「まさか聞き知っていて、それで進言に江戸まで参られたのか、鈴木どの？」

江戸詰めの家臣たちはそろって俺を見たが、すぐに口を閉じた。あまりにも俺が情けない顔をしていたからだろう。

凄まじい機動力、驚くべき連携だ。ＳＮＳで連絡を取りあってでもいたんだろうか。それとも無線で。

もちろん違う。

連絡役がいたのだ。駿馬《しゅんめ》を駆り、だだっ広い松本盆地のはしばしに伝令した人物が。

どこにでも出没し、信頼を得ていた人物が。

俺に思い当たるのはひとりだけだ。

あのじゃじゃ馬。

もし奉行が熱意と烱眼《けいがん》に充ち満ちた切れ者だったとしても、一六歳の小娘はノーマークだったに違いない。

せめてもの救いは、伝令に駆け回っていたおしゅんは奉行所の戸を叩いた原告団のメンバーに入っていなかっただろう、という確信だけだ。

「じゃあ、百姓の要求に応じたっていうんだな？」

「奉行はな。ふがいないことに騒動が長引くのを恐れて、百姓どもの要求を飲んだ。年貢は芒《の》踏《ぎ》みなしの三斗」

二斗五升ではなくて？　と喉まで出かかった言葉を言わずにすんだのは、独断野郎と名高い家老と縁故関係がある武士が胸を張ったからだ。

「奉行は現状据置きの三斗で事がおさまると考えたようだが、浅知恵もいいとこ。百姓どもはなおも二斗五升を要求した。

百姓どもが一歩も引かぬと見て取った家老は策を練った。ここはひとつ自分が動かねばならないと。かくて大鉈《おおなた》の登場とあいなったわけだ」

そいつが顎を上げるのを俺といっしょに見ていた家臣全員が苦笑いを浮かべたときほど、武士のはしくれとして一体感を感じたことはない。

「百姓どもは江戸表《おもて》への直訴を匂わせていたようだからな」別の武士が補足した。「三斗では納得できないと百姓どもの欲の皮が張っていたのが運の尽き。年貢減免、芒踏みなし二斗五升。要求をまるまる飲んだ家老連判の覚書を手にして、やつら、さぞ意気揚々と引き上げたことだろう」

家老が認めたのか、二斗五升を。

多田加助は勝ち取ったのか。

農民が全面勝利をおさめた。成し遂げたんだ。

俺の目が見開かれたのを面白がるように、そいつは続けた。

「事前に殿に了承を得て、返上を前提とした覚書をな」

「おめでたいことだ。家老は最初から自分が出した覚書を忠直侯に覆《くつがえ》させるつもりだったのだ。奉行の覚書もろとも約束は反故、年貢は三斗五升に引き上げ。まこと見事な策謀よ」

ここまでが忠直接見以前に仕入れた事の顚末《てんまつ》だ。

いったんは満額回答を得られた聞き入れが覆された。

どれほどの消沈が農民たちを襲ったろう。どれほどの落胆が加助を襲ったろう。

無駄だった。無駄だった。自分がしたことには意味がなかった。

俺にはその気持ちがよくわかる。山賊を憎む気持ちよりも、腹黒い宿屋を恨む気持ちよりも、自分への怒りが体の中心から自分自身を切り刻んでいく感覚が。

俺はまだいい。ただ自分を責めていればそれで罰を受けた気になっていられるんだから。

でも加助は？

領内九万人の希望を打ち砕いてしまった加助は？　なにより、加助は俺とは違って実際に罰を受けなければならない。

首謀者とそれに並ぶ者、およびその子弟は捕縛《ほばく》されて上土《あげつち》にある牢屋にぶち込まれたという。強訴は重罪だ。

例によって強引に外挿された知識が脳裏を横切る。首謀者は磔刑《たっけい》、それに準じるものは獄門。

こんな知識、まったくもって知りたくなかった。

「どうした？　鈴木、申したいことを忘れたというのではあるまいな」

水野忠直のからかいよりも、侍医小林有也が職業柄身に付いた同情するような表情を浮かべているのが気に障《さわ》る。こうして忠直に接見できているというのに、その意義を見失った若造を哀れんでやがるのか。

やっとのことで、俺は言った。

「……今回の騒動、首謀者として捕らえられた者の名前はおわかりになっているのですか」

忠直の眉がぴょこんと跳ねた。

「あの傲岸《ごうがん》な百姓どもについて何か知っていると申すのか」

「はい。おそらく。村の実情はよく知っています。首謀者とされている者がはたしてそれであっているのか、逃れた者はいないか、見定めはできるものと思います」

実際のところは、忠直には藩政を気にかける気持ちなんかこれっぽっちもない。冤罪だろうがなんだろうが、きっちり処分して騒動の幕引きをしたと言えればなんだっていいのだ。

だが意外なことに忠直は俺の提案を面白がった。俺の発言の背後に奉行の怠慢癖があると解釈した、とかそんなとこだ。

「そら。これが牢屋敷で世話している者どもだというぞ」

薄ら笑いを浮かべ、一枚の紙をこちらに寄越した。

墨の重みでずしりと垂れ下がるのではないかと思うほど、長々と名簿は続いていた。

総勢二八名。六組一〇村に及ぶ。

筆頭に長尾組中萱村　多田加助、とあった。

それから、子　伝八《でんぱち》、子　三蔵《さんぞう》、弟　彦之丞《ひこのじょう》と続く。そして長尾組楡村　小穴善兵衛。

次の文字を見た瞬間、鋭い切れ味の刃物に似た何かが心臓の上を撫でた。

そこには、子　俊の文字が。

善兵衛にこんな名前の息子はいない。

まさか、おしゅん。

首謀者である多田加助、参謀の小穴善兵衛はもちろんのこと、強訴において重要な役割をはたした連絡役も捕縛の対象だった。それから計画に賛同して百姓の動員に加担した庄屋も、その右腕となった息子たちも、それればかりか善兵衛の妻の胎内の子まで。しかし、

「こ……これは、女です。まだ一六歳の女の子です」

忠直の口元から笑みが消えた。

無理はない。この時代、女が政治犯として極刑に処《しょ》せられるのは異例中の異例だ。そのうえ女

は刑を一等減じられるのが通例なのだから。

「家老が……これを認《したた》めたのですか?」

ぶんむくれた忠直が無言で肯定した。どうしてくれよう、と全身がわなないている。これが知れ渡ったら、女ごときに引っかき回される腰抜け藩政と笑いものにされるのは必至。悪くすると幕閣で問題になるかもしれない。犯罪者にも男女平等が実現するのは三〇〇年以上も向こうの話だ。

「家老めが謀《たばか》りおったな」

家老が常日ごろから収賄に精を出している大嘘つきだということをここで言ってやってもよかったのだが、忠直の怒りをそこに向かわせるのはマズい。

「女を処刑したとなれば江戸表の心証を悪くするだけでなく、ご領分の百姓たちへの戒めにもなりません。反感を煽《あお》って、今回に勝る騒動がおきるかもしれません。どうか刑の取りやめを」

だが忠直の怒りが向かった先は俺だった。

「おのれ、意見しようというのか?」

めめめめっそうもございません。犬の分際でそのようなこと。という火に油を注ぐ言葉しか思いつかない俺を救ったのは、斜め上からの発言だった。

「ご家老さまの奸計《かんけい》には一目置くところがございますな。たとえば二十六夜神奉納の儀を書面の上で行うなどと、なるほど極めて理にかなっております」

小林有也はさすが主治医だけあって忠直の熱をうまく逃がした。

「毎月三石三斗三升三合三勺もの米をまじないに費やすなどと、愚にも付かない習慣です。そもそも二十六夜神に約束したのは戸田家。松本に入封したとはいえ、水野家が従う理由はないのです」

「まったくだ。年貢を三斗五升に引き上げようともそのような無駄はできぬ」

江戸表に隠れて松本で贅沢な大名生活を満喫してやがるおまえが言うな。とも思ったが、小林有也の意図が読めないので黙って話の成り行きを待つ。

「しかしこう言ってはなんですが、ご家老さまには今一つ脇が甘いところがおありになる。今回の件しかり、二十六夜神奉納の儀しかり。まさか六九年ぶりに二十六夜神さまが降臨なされるとは思ってもいなかったことでしょう」

ええと？

どうして小林有也が二十六夜神降臨のことを知っている？

それにそれは神さまじゃなくて千曲だ。ただの女子高校生だ。いくらあいつが大食いでも三石三斗三升三合三勺の飯は食えないし、ズル賢い家老に天罰をくれてやることもできない。んでもって、今回の騒動の幕引きに役にたちそうなことなんてなんにも――。

「なんの歓待もないことに失望した二十六夜神さまが松本城をお見捨てになったという噂を耳にしたのですが、鈴木さま、何か聞いておられますかな」

それだ。

俺は前のめりで食らいついた。

「おっしゃるとおりです。八月の二十六夜に天守に降りました。そのときの宿直、川井八郎三郎が証言してくれるでしょう」

もちろん忠直は微塵も信じなかった。

「川井か。元和《げんな》三年の二十六夜神降臨に居合わせたという祖先の名を語る与太者《よたもの》。虎の威を借るうつけの話など聞くに値しない」

「本当です。その夜は俺――私も城内にいました。お城を去る二十六夜神さまを見ております。それればかりか翌月の二六日にもご領分内で遭遇しました。城中じゃありません。長尾組中萱村の熊野神社です」

忠直の顔つきがさっと変わった。

「中萱村とな？　多田加助の？」

「そうです。農民の不審な動きを追っていたんですが、そこで見かけたんです。ミニスカ――異国の装束で、髪は結わずに垂らしていました。多田加助や小穴善兵衛、おしゅんたちも見ています。獄中の彼らにお聞きになるといいでしょう」

「つまり、二十六夜神は城を見限って、百姓どもにご加護を与えるつもりだというのか？」

「それはわかりません。二十六夜神さまが農民とどんな話をしたのか、わからないんです。ですが、二十六夜神さまがもはや松本城を守護していないと知った農民たちがそう簡単に屈服するとは思えません。命を賭して、それこそ何度でも甦《よみがえ》っては天守を引き倒そうとするでしょう」

「捕らえられていない百姓のなかにそうしようとする者がいると？」

「何人も。名前をあげきれないほどに。

それに二十六夜神と話をしたのは加助たちだけです。刑に処してしまえば、もしなんらかの約束を取り交わしていたとしても、その内容がわからなくなってしまいます」

忠直はむっつりと眉根を寄せていたが、やがてふふっと笑いを漏らした。

「面白い。面白いな、鈴木。今日ほどおのれを飼っていてよかったと思ったことはないぞ。

こうしよう。多田加助以下全員の仕置きは取りやめだ。今からその覚書を書きつけようぞ。

ただし、それを松本に届けるのはそのほうだ。行きに一ヶ月かかった病み上がりが覚書を手に一日で帰ったとなれば、たしかに二十六夜神は百姓を庇護《ひご》しているということなのだろうな」

心の中でガッツポーズが決まると同時に、疑問がそれを押し流した。「一日？」

忠直はにたりと笑った。

「仕置きは明日、一一月二二日だ」

目の前が真っ暗になった俺の耳に――比喩じゃない。一瞬、貧血で本当に視界が暗くなったのだ――小林有也の皮肉が届いた。

「鈴木さま、次に江戸に参られるときはヨモギを持ってきてくださいませんか？　あれは万能の薬です。とりわけ安曇野《あづみの》の冷たい風にさらされたものはよく効きますので」

6　貞享三年一一月二二日

水野忠直はある意味、太っ腹だった。自分が面白いと思ったことにはいくらでも金を使う。散財大名かくあるべし。

忠直が与えてくれた馬はそりゃもう立派な栗毛で、貧困に苦しむ山賊が見たら強奪せずにはいられないだろう。

できれば俺も道すがら善男善女を身ぐるみはがしたいくらいだ。なぜなら忠直は騎乗する人間には馬ほどにも太っ腹ではなかったから。

俺が持たせられたのはわずか二個の握り飯。路銀は自腹。というか藩への借金。

加えて江戸屋敷を出たのはすでに午後おそい時間だった。加助たちが処刑されるまで一日を切っている。

ふつふつと沸いた怒りを無理矢理プレッシャーに横滑りさせる。

要は一日で松本に帰るなら二個の握り飯で充分だってことだ。ちくしょう、やってやる。宿泊なんていう悠長なことをしている余裕はない。やるんだやるんだ絶対にやり遂げるんだ。

行きの轍《てつ》を踏まないように、今回は中山道ではなく甲州街道を行く。俺の頭の中の地図は東京駅から信越本線経由で松本に至るより、中央本線でまっしぐらに行ったほうが近いと主張している。夜通しの旅は危険だろうが、少なくとも腹黒い宿屋に山賊の手引きをされるリスクはない。もし襲われても今回はためらうことなく抜刀する。今の俺は腰の刀の存在を忘れていた間抜けではない。

江戸屋敷を発《た》ったそのときの決意のままに、俺は馬を駆った。走って走って走り通した。街道沿いの景色をまったく思い出せないくらい、前だけを凝視し続けた。

きっと俺はよほど鬼気迫る顔をして手綱を握りしめていたんだろう。小仏《こぼとけ》関所の同心が顔をひきつらせながら所持品の検査もそこそこに通してくれたのをうっすら覚えている。日が傾きかけたのがどこだったのかさえわからない。たぶん大月宿《おおつきじゆく》かどこか。このままだと真夜中に笹子峠《ささごとうげ》を越えることになりそうだが、立ち止まるわけにはいかない。

身を切るような夜風が容赦なく体温を奪っていく。休むことなく走り通したこともあって馬のペースは徐々に落ちてきた。出発時こそは時速三〇キロ以上はありそうな俊足だったが、今はマチャリとどっこいどっこいだ。さすがに可哀想になって峠にさしかかる前に休ませる。

ああ、こんなことをしている時間はないのに。爪を噛みながら馬が道端の枯れ草を食《は》むのを眺め、自分も腹が減っていることを思い出した。だが俺の体力よりも馬の体力を持たせるほうが大事だ。齧《かじ》りかけた握り飯をふたつとも馬に与え、峠を目指す。

闇夜だった。分厚い冬の雲が天を覆い、雪の気配を含んだ冷気が降りてくる。せめて晴れていたら。月夜だったら。もしそうなら上弦のきれいな三日月が見えているはずだ。二十六夜神には悪いけどこれから肥えていく月が頭上にあったらきっと、いくらかは悲愴感も薄れたのに。

そんなことを思いながら手綱を握り続けた。

がくんと体力の消耗を感じたのは笹子峠を越えて石和《いさわ》にさしかかったあたりだ。心配していた山賊にも遭遇せず、甲府を目前にして気が抜けたからだろうか。治ったはずのリンパ腺が熱を持ち、身に受ける風がどうしようもなく痛い。歯の根が合わないのは夜明け前の一番冷たい空気のせいだ、そう自分に言い聞かせ、力が入らない足で馬の腹を蹴る。

日の出を背に甲府盆地を過ぎ、蔦木宿《つたきじゆく》に着いたとき、心の中で県境の点線を引いた。南アルプスを越えて山梨県から長野県に入ったのだ。覚えてさえいたら『信濃の国』を歌っていたかもしれない。やがて諏訪湖が見え、その向こうの越えるべき最後の峠を仰ぐ。

このとき山の端にかかった雲がさあっと流れ、全面結氷した湖面に一筋の光が降りたのが、唯一思い出せる景色だ。

中山道に入った。もうすぐだ、もうすぐ。

忠直秘蔵のエリート馬といえども疲労の蓄積はなはだしく、やっとのことで駆け足をしているのが俺の尻に伝わってくる。その俺の尻にしたってまともに座っていられないくらい痛いのだが、馬の腹を挟めない足のほうが切実な状態だった。なにしろ力が入らないのだ。少しでも力むとぶるぶる震えるのだ。手綱を握る両手にしたってそう。血液中に充分な糖分が行き渡ってないのがはっきりとわかるほどだった。

湖面を渡る風が吹き上げる塩嶺峠《えんれいとうげ》を越える。

つくづく峠とは相性が悪い。雪だ。ふもとではちらほら舞っていた雪が、標高が上がるにつれ吹雪になる。雲のなかを走っているのか雪つぶてをかきわけているのか、息を吐いているのか霜を吐いているのか、自分の指はまだそこにあるのか。

この分水嶺《ぶんすいれい》を越えたら松本盆地だ。越えるんだ越えるんだ。その思いをぐっしょり濡れた着物が体温といっしょに奪っていくような気がした。それからあらゆる感覚も。

疲労や苦痛がわからなくなるくらい感覚が鈍麻《どんま》していき、いつ塩尻《しおじり》をすぎたんだろう、とにかく気がつけばちらつく雪のなか善光寺西街道を走っていて——というよりも馬の背にへばりついてあれは槍ヶ岳かな、と朦朧とする頭で考えていた。雲がかかっていてはっきりとはわからないけど、ときおり風が雲を押し流して切り立った稜線と傾きかけた太陽のおもかげを垣間見せる。

夕日。

雲の向こうでぼんやり黄金色の夕日が輝いている。

突然、意識がクリアになった。

いま、何時だ？

旧暦一一月二二日って新暦だと一月くらいか？　一月の松本の日没って何時ごろだった？　四時？　四時半？　刑の執行は夕刻五時ごろだ。もう時間がない。

もう残っていないはずの力をありったけ込めて馬の腹を蹴る。馬も出るはずのない全速力で蹄を立てる。

心のなかで馬に詫《わ》びる。疲れたろう、こんな目にあわせてごめんな。

氷より冷たい川を渡り、町人街を駆け抜け、見えた、松本城だ。

勢高《せいたか》の刑場は松本城の背後、北側の小高い丘の中腹にある。どうか間に合ってくれ。この懐の覚書を待っていてくれ。

松本城を左手に、その漆黒の天守から勢高の刑場に視線を移したとき、世界がぐるんと回った。

同時に肩に衝撃が走り、落馬して地面に叩きつけられたと気づく。

身を起こそうと肘を──肘はだらりと垂れて役にたたなかった。膝も、背中も。そのどれかの骨が折れているのかもしれなかったが、痛みは感じなかった。ただ焦りだけが俺を苦しめた。

視界のはじに、限界をとうに超えて力尽きた馬が泡を吹いているのが見える。

ここまで来て。

ちくしょう。

もう少しだ、もう少しで勢高だ。這ってでも行くんだ。

かろうじて動く右手で地面を摑み、自分の体を引っ張ろうとする。だが動かない。己の体重を動かすだけの力がない。ありったけの意志を指先に向けるが、俺が使い尽くせるエネルギーはほとんど残っていなかった。

わずかでいい。握り飯二つぶんでいい。いいや、カビくさい凍み餅でいい。勢高に辿り着けるだけの熱量を俺にくれ。

誰か、この覚書を届けてくれ。

震える指先で覚書を懐から——と、二つの繭玉が襟元から転がり出た。千曲のばあちゃんのお守りだ。松本城天守最上階で、二一世紀で拾って、それから持ち歩いていた。

こんなもの。

今の俺に必要なのは一七世紀の凍み餅だ。ひとかけらの熱量だ。

ころころと地面を転がっていく繭玉がぼやける。視覚に振り向けるエネルギーさえもが尽きようとしていた。触覚が、嗅覚が、次々と遮断されていく。

そのとき、

「二斗五升！」

雷鳴のような咆哮が、雪まじりの空気を切り裂いた。

「年貢減免二斗五升！」

峰々に反響して盆地をゆるがす。天を覆う雲が音圧を閉じこめ、共鳴を呼ぶ。地吹雪を招き、山肌に白煙があがる。

渾身の絶叫が松本城めがけて押し寄せる。

「二斗五升おおお！」

加助！

声にならない叫びが俺に残されたエネルギーを搾り取るのと同時に、松本城ががくんと揺らいだ。

暗い雲と凍てついた大地の狭間で五重六階の大天守が膝を折る。音圧に屈した巨体が南西に傾く。一八二年の長きにわたり松本盆地を象徴してきた存在が倒れようとしている。

松本城がその存続に終止符を打つのを見届けるまえに、俺の視覚が機能を停止する。

7　明治三六年九月二六日

「おい、どっからへえっただ。危ねえじ、出てけ出てけ」

めまいから回復して失調を振り払ったら、いきなり叱られた。

日に焼けた小柄なおっさんだ。髷は結っていない。そのかわり鉢巻きをしている。半纏《はんてん》、それに股引《ももひき》。

お祭りかな。と思った。

「おめさま、耳が聞こえねえだか」

違う。

がばっと跳ね起きた。おっさんの背後の景色を知っている。その頭上の梁に見覚えがある。俺とおっさんがいるここは、
松本城大天守最上階。

倒壊していないということは。

戻れたんだ。

二一世紀に帰ってきたんだ。松本城のある、もとの世界に。未来に。

巾上岳雪に戻ったんだ。きっと因果律を乱す俺を時間の流れが江戸時代から吐き出したかして、じゃなかったら並行世界かなんかから帰還したんだ――

「月代《さかやき》に帯刀たあえらい古風ななりしてるじゃねえかい。隠れ里から降りてきただか。じっと里と絶えてたか知らんが、おめさま、今ごろ降りてきたって殿様はへえいねえじ」

ぬか喜びがさあっと蒸発した。

めまいに襲われて膝から崩れ落ちる。がしゃんと腰の刀が床板にあたり、袴《はかま》の膝が目に入った。

「おっと、危ねえ。足元に気をつけな。だいぶ傾いてるでふつうに歩こうったって無理な話せ。そら、壁にうっつかりながら行け」

おっさんは俺を柱につかまらせ、階段を下りるように促した。

見当識が狂う。体がこうだと思う垂直と柱とが一致しない。床は大きく傾斜し、階段は階下に向かって前のめりになっている。

「お城が……」

「いつ崩れてもおかしくねえら。おめさまがいつから山にこもっていたか知らねえが、廃藩置県からこっち急に傾斜が進んでな。そらそうよ、そんまで傾斜を食い止めていた二十六夜神さまがおられんようになったでね」

廃藩置県。「い、今は……め、め、」

「明治の世だ。おめさまには気の毒だが、仕える先はへぇねぇだだよ」

横っ面をはっ倒されたかと思った。江戸時代にいたと思ったら、今度は明治時代にいる。

何百年寝てやがったんだ？

寝ぼけてんじゃねえよ。目を覚ませ、目玉ひんむいてまわりをよく見ろ。

這いずって格子窓にすがりつき、市街地を望む。

市街地——じゃない。お城の北側、ゆるい斜面に張りつくように建っているはずの民家はどこにも見えず、ただただわびしい枯れた荒れ地が丘の中腹まで広がっていた。江戸時代の貞享の世でさえ丁寧に整備された田畑だったのに、これではまるで原野だ。

どうしたことだ、ここは松本じゃないのか？　あれからどうなった？　千曲は？

混乱を吸収しきれない俺を、おっさんは階下へ階下へとせきたてた。口は乱暴だが肩を貸してくれて、ついでに浦島太郎状態の武士にあれこれと教えてくれる。

大政奉還そして版籍奉還があった。徳川の世は終わりを告げ、松本藩もそれにともなって解体、改組。最後の殿様戸田光則《とだみつひさ》は藩知事にジョブチェンジ。松本城は遺棄され、天守閣におわしました二十六夜神さまはかつての藩士川井家がひきとり、二重の意味で主不在となってはや三〇余年。

三〇〇年の長きにわたり松本盆地を見下ろしていた漆黒の城は、足を踏み入れる者もなく、ただ荒廃するがままその痛ましい姿を風雨にさらしていた。もとより南西に傾いていた大天守はさらに大きくのけぞり、崩壊は時間の問題と思われた。

荒城と成り果てた松本城を持て余した大蔵省はこれを競売にかけた。いつ倒壊するとも知れない城を買い取る物好きがいようものかと思われたが、これがいた。城好きの歴史マニアではない。落札者は天守閣を取り壊して更地にしようとしたのだ。松本の一等地だ。気持ちはよくわかる。

絶体絶命の危機にあった松本城を落札者から買い戻したのは地元の名士、市川量造《いちかわりょうぞう》。市川は家財を売り払い博覧会を企画して入場料を集め……とにかくやってのけたという。たいしたもんだ、おらほの誉れだ、とおっさんは褒めちぎった。

そのうえで、もうひとり『先生』と呼ぶ人物のことも持ち上げた。

「あの人もえれえ人だじ。本丸あとを運動場に使わせてもらう手前ってことでもねえだが、県にかけあってお城の補修の許可を取り付けてせ」

どうやらあの豪奢《ごうしゃ》な本丸御殿も今は見る影もなく、校庭に成り下がっているらしい。二の丸御殿あとに建つ中学校の校長が発起人となって松本城保存運動がおこり、補修計画が起ち上がり、今ココ。

「先生に頼まれて下見に来ただが、まーずこりゃあ……」

とおっさんは首を横に振った。漆喰が剝げ落ちて無残な醜態をさらす大天守四階。ざんばらに散らばる御簾の上を鼠が走っていった。かつては御座所であったこの場所も、風化に抗《あらが》う力は残っていない。

「ちょっとお化粧してやって済むならいいがね。左官屋を呼ぶまではーるかかかるわ」

そう言うおっさんの正体は棟梁なのだそうだ。なるほど見れば半纏には佐々木組とある。

佐々木棟梁はプロの厳しい目で天守内部を観察し、柱の継ぎの隙間を測り、格子窓から屋根の下を覗き上げ、そのたびに顔をしかめた。

おっさんは言う。先生が集めた寄付金はかなりの額だが、それでも大天守の背筋をしゃんと伸ばすにはまるで足りない。壁を塗り替え瓦を葺《ふ》き直すだけでも五年は要するだろう。その材料費、人工代、すべて合わせたら先生が用意した五千円を軽く超える。町や県の拠出金をあわせてもまだまだ。

五千円って俺の時代の価値に換算したらいくらだろう。五年かかるといったらかなりの大型工事だから、億の単位かもしれない。だが足りないと言っていたから何千万か。などなど考えているあいだに城外に連れ出された。そこにあるはずの本丸御殿はきれいさっぱり消え失せて、校庭に成り果てている。元気溌剌《はつらつ》に校庭を走る青少年を尻目に振り返ると、ああ、ひどい、おいたわしや松本城。

てっきり崩れ落ちたと思っていたらそうではなかったと胸を撫で下ろした気持ちが、たちまち雲散霧消した。

鯱がのっかっているのが不思議なくらいだ。傾いているなんてもんじゃない。目算で四〇度以上、南西にひしゃげている。真ん中あたりでぱきっと折れて上三階が今にも堀に落ちそうだ。ひどいのは傾斜だけじゃない。瓦が落ちた屋根のいたるところから雑草が生え、漆塗りの板壁は剝がれ、漆喰は穴だらけ、石垣は崩れて堀に落ち、その堀の中はでっかい蕗《ふき》がわんさと生えている。

これは城じゃない。廃墟だ。

「やあ、佐々木さん、ご苦労さんです」

「小林先生。飛びっくらの指導ですかい」

棟梁につられて振り向き、思わずあっと声をあげた。

なんであんたがここにいるんだ。

小林有也。

歳をとってハゲ散らかして三つ揃いなんか着てやがるけれど、たしかに忠直お気に入りのおべっか侍医だ。

片手を上げてにこにこ近づいてきた有也も、俺を見て驚愕に眼を見張る。

二一七年の時を経ての再会だ。涙の一粒でもこぼせばいいのかもしらんが、そうはならない。

小林有也の驚きっぷりもさることながら、次の一言はもっと俺を混乱させた。

「あなたは……少しも変わらない……」

てことは、俺はやっぱり俺のままで、二一七年をタイムスリップしたのか。一方の小林有也もタイムスリップしたけれど、俺より何年か早かったということか。

一〇秒、二〇秒、バカ丸出しの沈黙が流れ、気まずさを察知した佐々木棟梁が口火を切った。

「ありゃいけねえわ。一階の床を剝いでみねえとわからねえが土台さら腐ってるじゃねえかと思うわ。だで新しい柱を据えなきゃならねえが、となるとお城の重さを支えるだけの仮柱を据えて、その前に少しでも軽くするために瓦を剝いで……まあ、大工事になるわな。土台がなんとかなったとしてもこんだ石垣が崩れてるで。石垣を組み直すには地固めせんといけねえ。お手上げだわ」

「……ということは、傾きを直すことはできない？」

なんとか会話に応じた小林有也に、棟梁は困ったように額《ひたい》に手をやった。

「真っすぐにするだけならやってやれねことはねえじ。傾いてねえほうの柱を切り詰めりゃいいだ」

「やってやれねえことはねえけどよ。ただ先生、せっかく奔走してくれただが壁の漆ぬりがせいぜい、瓦だって全部用意できるかどうかってとこだで」

「だがそれでは……根本的な修理には……いや、その方法でどうにかなりそうなんだね？」

「予算か」

小林有也も佐々木棟梁もそれきり押し黙り、どう見ても場違いな時代錯誤野郎の俺は置いてけぼりだ。やっと口を開いた小林有也は、悲愴を絵に描いたように顔色が悪かった。

「……戦争が迫ってきている。露西亜《ろしあ》との戦いを目前にして、寄付金の集まりもこのところ悪い。もし開戦したら修復工事どころではなくなるかもしれない」

自慢じゃないが俺は日本史にからきし弱い。それでも国をあげての戦争の前では地方の文化事業なんか軽視されるのはわかる。忠直の幕府内でのパワーゲームなんかちゃんちゃらおかしく思えるくらいだ。

俺たちはそれぞれがそれぞれの立場でちっぽけな自分を痛感し、言葉を失ってずたぼろの天守閣を見上げた。

加助はどうなったんだろう。善兵衛は、おしゅんは。

水野忠直は家老の裁定をそのまま承認して二八人を処刑し、領民の心をへし折ったんだろうか。年貢は三斗五升に引き上げられて、貧しい暮らしに追い打ちをかけられた農民のどれくらいが餓死したんだろうか。千曲は、二十六夜神は彼らに寄り添ってその死を見守ったんだろうか、そうして貞享の世にひっそりと埋没していったんだろうか。ときどきは俺のことを思い出してくれたりもしたんだろうか。

すべては二一七年の向こうだ。

俺はひとりぼっちで、どういうわけか加助や千曲といっしょに歳を重ねることすら許されず、明治時代に放り出されて立ちすくんでいる。

本丸御殿を失った松本城も、今は寂しげに時間の流れに身を任せている。それから小林有也も。水野忠直のそばで耳をそばだてていた小林有也には松本藩の懐具合がわかっていたはずだ。加助の訴えが何を意味するのか知っていたはずだ。

その小林有也が俺と同じように明治の世に飛ばされて、松本城の修理維持に奔走しているとは、どういう皮肉だ。

「ときに佐々木さん、松本城が傾いた理由を知っていますか」だしぬけに、小林有也が訊ねた。

「そりゃあ、地盤のせいずら。ここらはもともと沼地だでね、そこへもってきて東の女鳥羽川、西の大門沢川が暴れるもんで地盤がおそいだよ。お城が土台さら腐ってたって驚かねえわ」

「多田加助の呪いという話は」

ぎょっとした俺とは対照的に、佐々木棟梁は鼻を鳴らした。

「ばかったい。死んだ百姓の怨念ってやつずら。ただの話せ」

「そうとも言えません。百姓一揆の首謀者、多田加助が処刑されるさいに年貢減免二斗五升と叫んで松本城を傾けたとのことですが、これはただの寓話じゃありません。

調べたところによると、多田加助の処刑後もなお二斗五升を求める農民が暴徒化し、納税を拒み、領内は荒れて藩の財政を傾かせた、そういうことです」

「そうかやあ。百姓がすっかりいじれて田んぼを世話しなんだもんで、田んぼに溜まってるはずの水がお城に流れたってなもんじゃねえかい」

「そうかもしれません」

多田加助という主導者を失った農民は、その遺言をやみくもに実現しようとした。田畑を荒らし、自分たちの首を絞めた。松本の未来を痩せ細らせた。

加助の叫びが、城を傾かせたのだ。

ああ、そうか。

引き金、という単語が脳裏に浮かんだ。

最初に江戸時代に落とされた世界でも、二斗五升の叫びを聞いた。あっという間に松本城が崩壊した世界だった。怒り狂った農民が城に押し入ったのか、わずか一押しすれば瓦解してしまうほど松本城が脆弱化《ぜいじゃくか》した世界だったのかもしれない。

そして二回目の江戸時代でも加助の叫びを聞いた。

それを、止められなかった。

ふいに涙がぼろぼろこぼれた。恥ずかしい話だけれど、小林有也と佐々木棟梁がぎょっとしてこっちを凝視しても泣くのをやめられなかった。

気まずさに堪えかねた佐々木棟梁は急に用事を思い出したと言って、そそくさと立ち去る。本丸御殿あとの校庭でわあっと叫び声があがった。どうやらかけっこをしていた中学生のひとりが転倒したようだ。

小林有也は騒ぎを耳にするなり駆け寄って、膝から血を流すくりくり坊主に声をかけた。

「水で砂を洗ってきなさい」

「大丈夫です、小林先生。これくらいたいしたことないです」くりくり坊主は気丈にも気をつけの姿勢をしてみせる。

しかし小林有也は譲らなかった。

「いけません。体は大切になさいよ」

くりくり坊主を優しく諭す小林有也からは、死ぬ思いで江戸屋敷に参上した鈴木伊織に慇懃無《いんぎんぶ》礼《れい》な笑みを向けた侍医の姿を思い出し難い。俺にとってはほんの一日前のことなのに。

何か言いたげな小林有也と目が合い、だけどとてもじゃないが身の上話を交換する気にはなれない。

小林有也と俺の江戸屋敷での出会いは、二一七年も背後にある。松本城を蝕《むしば》むほどの時間だ。加助も忠直も彼岸だ。自分の数奇な運命さえも取るに足りない泡沫《ほうまつ》にすぎないとわかって、俺は、俺たちは――

と、そのときぞっとするような低い唸りが地面を伝ってきた。

地震？　明治時代に松本を襲った地震があったなんて聞いてないぞ、いや、地震じゃない、そう思ったのも束の間、

「みんな、伏せろ！　しゃがめ！」

小林有也が青少年たちに叫び、くりくり坊主に覆いかぶさる。俺も腰の刀の重みに身を任せて倒れ込み、いつかそうしたように這いつくばって地面をひっかく。

すぐ耳元で、ぴしりと何かが裂ける音がした。世界そのものに亀裂が走ったような音だった。

それは松本城の悲鳴だった。

大天守の奥深いところで――たぶん屋台骨である一階から六階までを貫く柱のどれかが、もしかしたらその全部が外れ、あるいは折れ、行き場のなくなった梁が床板を道連れに落下し――ああ、やめてくれ、もう見たくないんだ、あんな光景、もうたくさんだ――そのまま轟音をたてて崩れ落ちた。

堀に頭から突っ込むように倒れた松本城は乾小天守と月見櫓を道連れにして、水煙と土煙、それから雨あられと飛散する瓦の破片と木っ端に変貌して、俺を、俺たちを、世界を覆い尽くした。

8　貞享三年八月二六日

誰かが泣いている。

声を押し殺して、それでも漏れる嗚咽《おえつ》を抑え切れずにいる。

泣くのはやめてくれ。泣かなきゃいけないような目にあわないでくれ。

それが自分のすすり泣きだと気づいたのは、あたりがびっくりするほど静かで、ひざまずく俺のほかには誰もいないとわかったからだ。

ひとりだとわかったらいっそう涙が出た。涙といっしょにあれやこれやが流れ落ちて、周囲を見回す余裕ができた。

驚かなかった。松本城大天守最上階。一瞬、乾小天守かとも思ったが、間違いない。

格子窓の隙間に下弦の細い月がのぞいている。こっちに気づいてせせら笑っているみたいに。

「もうイヤだ」声に出してみた。

なんの返事もない。ひとりぼっちだ。

もう一度、「もうイヤだ。松本城が崩れるところを見るのはもうたくさんだ。俺は役立たずだ、何にもできないんだ、だからこれ以上鈴木伊織はできないんだ」

そしたら、返事があった。

「って言ってるけど、どうする？」

すかさず別の声が答える。

「判断を下すには早い」

虚を突かれて——文字通り虚を突かれて、どすんと尻餅をついた俺の目の前に想定外の、というかなんだこれなんだこれなんだこれ、この世のものではないと一目でわかるシロモノが現れた。

蛾。

純白の、身の丈二メートルはあろうかという特大の蛾が二匹佇んでいる。

「ががががが」期せずして駄洒落になった悲鳴をあげながら後退して、壁にぶち当たる。

「蛾？　なんだなんだ、妖怪？　怪物？　宇宙人？　宇宙人なんだな？　おかしいと思った。こんな仕打ち、宇宙人でなけりゃ困る」

おかしいのはおまえの頭だ、とは言わず、二匹の蛾はばっさばっさと羽を優雅にひらめかせ、鱗粉《りんぷん》をあたりに撒き散らした。

「バカだな、見た通り蛾だろうがよ。おまえにそう見えるってんならな」

「よしなよ。怯えさせてどうする。

これはおまえの視覚が入力したものを処理するに当たって、勝手にこれが近いに違いないと判断して作り上げたモデルだ。じゃなかったらお粗末な演算能力が拒否反応をおこして、一番近いところにある一番鮮烈な外部モデルを採用したってところだろ」

なんだか知らんが、ひどく侮辱的なことを言われた気がする。

「じゃ、じゃあ、いったい何――」

「何って蛾だっつの」

「よしなったら」

「だって言ったってどうせ理解できっこないよ、こいつには」

「しょうがないじゃんか。四次元以上の視覚認識能力がないんだから。たまたま視覚が時空間を空間で切り取れるようになったからって、処理が歩調を合わせるとは限らない」

「とんだ副作用だな。この点だけをとってもこの実験は雲行きがアヤシイってもんだ」

じ「実験？」

ああやっぱり宇宙人だ。安っぽいハプニングだ。じゃなかったら、低俗な想像力しか持ち合わせていない俺が全部悪い。この程度の幻覚が俺の発狂の限界ってことなんだきっと。

「人聞きの悪い。治療だよ。患者を助けたい、ベストを尽くしたい、それがわからないってんなら、転職を考えたら？」

「もともと虚弱な時管《じかん》だったんだ。こんな時管、とっとと切除してしまったほうが患者のためだ」

「虚弱なのがこの時管だけだったらね。この例が成功すれば、ほかの時管にも応用できる」

想像してもらいたい。自分の背丈よりもでかい蛾が、ふん、と鼻を鳴らすさまを。モスラ二匹の口喧嘩を。触角がぷるぷる震えるたび景色がたわむところを。しかもその内容がさっぱり理解できないときたもんだ。俺でなくったって喧嘩の仲裁に入るだろう。

「あー、あのですね。ちょっとおたずねしますが、あんたらは……医者っていうか療法士？　看護師？　医学系の研究者？　まあつまり医療従事者ってことでいいのかな？」

二匹の蛾ははたと俺を見た。横槍を入れられて機嫌を損ねたのか、それともわずかではあっても俺が何かを汲み取ったことに驚いたのか、そのへんはわからない。だがややあって蛾は認めた。

「まあ、そういうことになるな」

よかった。言っている内容は理解できなくても、患者、虚弱、治療といった単語は俺が知っている意味と同じらしい。

「そこで教えてほしいんだけど、これってどういう症状なんだ？　つまり俺はちょっとばかりやっかいな病気に罹って、タイムスリップ体質をこじらせてるとかそういう——」

今度は二匹そろってふんっと鼻息を飛ばした。もちろん鼻なんかない。そういうふうに見えたってことだ。

「誰がおまえの話をしている？　たったひとつぶの意色《いしき》を失わないように生え抜きの救護チームが尽力するなどと、どうして思えるんだ？」

ええ——……と。

つまり、この二匹は何かお困りですかと手を差し伸べに来た善玉宇宙人ではないっていう理解でいいんだろうか。

「じゃあ、あんたらは俺を助けに来てくれたんじゃなくて……てことは、ええと、何をしに？　というか、いったい……」言葉を探す。俺が対象じゃないというのなら、「何の治療を？」

「決まってるだろ。時管だ。この、どうしようもなく虚弱な時管」

「これは新しい試みなんだよ。従来の手法では限界がある。せいぜいが延命措置ていどの――」

「ちょっと待った。なあ、マーカーがもうイヤだと言うのを耳にするたびにこの話をすることに、何か意味はあるのか？」

「広義のインフォームド・コンセント。マーカーにだって耳はある」

「というより、自分自身に力説しているように聞こえるよ。自分のやり方は間違ってないって自己暗示をかけたいだけだろ」

　で、また侃々諤々《かんかんがくがく》の開始。

　ほったらかしにされて議論の行方を見守るしかない俺は、保険証を忘れてきたことを後悔した。治療費を払えそうにない患者を熱心に診療してくれる医者なんて、そうそういるわけがない。などと、思考を逃避させてやらなければ、とてもじゃないけれどこの状況には耐えられそうもない。

　二匹の蛾は、俺ではない別のなにかについての治療方針で言い争っている。

　俺にわかったのはそれがせいぜいだった。

「時管に時栓《じせん》ができてしまった今、一刻の猶予もならないんだ」

「だからさ、いくら移植手術が成功したって予後はお寒いって言ってんだよ。見なよ、この時様《じよう》体《たい》の貧相なこと。やるだけ無駄だよ」

と、いきなり一方の蛾に羽を向けられて、びっくりした俺は二歩、三歩と後ずさった。

「時様体？」それって「俺が？」

「そうに決まってるだろ」

親切とは言い難い返答は、俺をさらなる混乱に陥《おとしい》れるのに役立つだけだった。蛾が俺の困惑を汲み取ってくれたとは思えないが、ともかく補足してくれた。

「おまえだよ。これだよ。あれもそうだよ」

前肢で俺を小突き、柱を撫で、部屋の空気をかき混ぜた。

俺はその順番に視線を巡らせ、最後に自分の胸元をもう一度見下ろした。柱、空気、それに俺の体。それらに共通するものというと、「物質？」

「時管を流れる成分だ。時様体は、それ自身が蓄えているエネルギーを渡すことで時管を維持している」

その説明を聞いて出てきた言葉は、「はあ」だけだった。

「ふつうはな」

もう一匹が器用に羽の片方だけをばたつかせた。人間でいうと、片手を振ってシニカルな態度を示しているといったところだろうか。

「だけど、この時管の時様体はいただけない。なにしろ粘性が高すぎる」

「粘性？」

自分の体をあちこち触ってみるが、これといってねばねばするということもない。

その動作が蛾の目には滑稽に映ったか知らんが、二匹の蛾は小刻みに触角を揺らした。

「時管が必要とする以上にエネルギーを放出する困った時様体だ。余ったエネルギーでべたついた時様体は時管にくっつく。その結果、時管に時栓を形成してしまった」

「時管のコンディションはいかに適度にエネルギーを与えられるかで決まる。時様体の粘性が低すぎれば時管は栄養失調に陥る。逆に高すぎると、見なよ、このざまだ」

その話が想起させたものは、長年の不摂生がたたった高血圧じいさんだった。

じいさんの血管はコレステロールがびっちりこびりつき、そこに赤血球やら血小板やらが詰まって大渋滞をおこしている。血栓ができて血流が滞《とどこお》っている状態だ。

「時栓ができてしまったら、そこから先の時管はエネルギーを受け取れずに壊死《えし》してしまう。それだけならまだいいさ。もし時管が破裂してしまったら。それこそ患者は生命の危機にさらされる」

いまいちよくわからないけれど、いい方向に話が進んでいないことだけはわかる。

血管はとうとう破裂し、じいさんはぶっ倒れてしまった。お医者さん、大変です。じいさんを助けて。

そのイメージで強引に突き合わせてみると、時様体とかいうものが赤血球にあたるってことでいいんだろうか。俺は時様体らしいから、でもってそれはどうやら物質らしいから、……なんのことだかさっぱりだ。

「だから、そうなる前にさっさとこの時管に見切りをつけて——」

「そうなる前に、時管の弱っている部分を切除し、新しいものと差し替える」

高血圧じいさんに救いの手を差し伸べるお医者さま、訂正、治療に前向きなほうの蛾は言った。

「移植手術自体は別に難しいことじゃない」

「バイパスに使う時管がもとの時管の複製なのが問題だってんだよ。複製である以上、もとの時管と似たり寄ったり。ひどいもんじゃないか、どれもこれも燃費の悪い出来損ないだ」

あ、急にお医者さんの言ってることがわからなくなった。

我ながらよく我慢したと思う。意味不明な会話にひたすらじっと耳を傾けていたが、ここらで限界だ。「あのー」おずおずと、挙手してみる。

「あのー、お取り込み中悪いんだけど、早い話が俺って何なんですかね」

二匹の蛾はそうだ、忘れてた、とばかりに顔を見合わせ、声を揃えた。「早い話が、マーカーだよ」

「マーカー」

「移植に用いる複製の時管を決定するにあたって、いくつもの複製時管どうしを区別するためのマーカー」

うん、わからない。

「時様体に内包されている意色の染色しやすさを利用しない手はない。目印として、意色を染色した時様体を投入しておくんだ。それがマーカーだよ」

時様体に内包……物質に内包される。物質、俺の体。……そこまで考えて、ふいに気がついた。意色って、意識か。

「マーカーを追っていけば培養した複製時管がどれだかわからなくなるという事態は避けられる。ようするに、一番いい時管を選ぶのに役立つんだよ」

「定着率の問題がある」

「でも生存率でいったら——」

「何が——壊死するって？」

壊死する？　そうだ、死にかけている。

突然、理解が降りてきた。あまりにも突然だったんで、話を中断させたのが自分だと気づかなかったくらいだ。

「何の移植手術をする予定だって？　それは……それは、もしかして俺たちの、この宇宙の……」

「時管だっつってんだろ」

時管——時間。

どうか、間違っていますように。

俺は文系なんだ。物理はからきしなんだ。だから文系の軟弱な頭に突然降りてきた理解は間違っているに決まってる。

「ば、培養してるってのは、俺たちの時間——空間がごっそり動いている流れ、なんだな？　そいつのクローンをこさえてるっていうんだな？」

「空間が流れている管、だ。クローンというとちょっと違うが、まあ、バージョン違いを作成している」

「時栓ができた部分をね。重ね合わせ状態において、しばらく放っておく。よくある培養方法だよ。技術的にはなんの心配もない。で、出来のいいのを選んで弱った部分に接《つな》ぐ」

もしかしたら文系でよかったのかもしれない。そうでなければ、あー、いつだったか千曲が持ち出して話をまぜっかえしてたっけな、とぼんやり思う程度じゃすまなかったろう。

シュレディンガーの猫だ。量子論とかいうあれだ。

世界というものは案外、確固としたものではないらしい。誰かが観察するまでは無数のいろんなバージョンが重なり合って存在している。この瞬間の次の瞬間はどのバージョンが現実のものになるかは、蓋を開けてのお楽しみ。なぜなら蓋を開けてみるまではどのバージョンが現実なのか誰にもわからないから。とんちクイズみたいだが、量子論ではそういうことらしい。

というわけで、小説なんかだと、並行世界の理屈としてよく使われている。だけど、どれが現実になるのか決まっていないのにそれぞれの世界が存在しているなんて、ぺてんのような気がするんだがどうだろう。

などと、他人事《ひとごと》のように考えていた。それが自分が存在している世界の話だなんて、実感できない。したり顔でうなずけてしまうのは悲しいかな、無知ゆえだった。

はあ、なるほどね。

タイムスリップっていうより、多世界サーフィンね。そういうこと。

俺はもとの世界からはじき出されて、別の世界にぶち込まれた。もとの時間線のクローンだか複製だか、とにかく別の時間線に迷い込んでいる。

だけどおかしいじゃないか。なんで江戸時代なんだ。俺は二一世紀の人間だ。ちょっと様子の異なる世界で大学生をやってるっていうんならまだしも、三〇〇年も時間を遡って別人を演じさせられているなんて奇妙じゃないか。

「……それに多世界だってんならそれぞれの時間線にそれぞれの俺がいるはずで、そいつらはどうしたんだ。そいつをマーカーとかいうものに使えばいいじゃないか。どうして俺なんだよ」

「バカだな。それぞれのおまえがマーカーなんだったら」

「そうだ。安心しろ。全員が同じ目にあってる」

飲み込みの悪い生徒を前にした家庭教師がするように、蛾は順々と説明してくれた。

「時様体は複製時管の数だけ分散してるんだ。わかるだろ、時管が分裂すれば同じ数だけ時様体も意色も分裂する。な？

意色を持つ時様体がひとつ消滅したら、その意色はいちばん密接している時管にいる別バージョンに吸収されるだけのこと。染色の副作用があったとしてもな」

「その問題はいずれは解決できるものと――」

「マーキングされた時様体の意色が別の時管で消滅するまでの記憶を保持していることをか？

そんなもん、解決したってしょうがないだろ」

蛾どうしの内輪もめはぜんぜん耳に入ってこなかった。自分の足元が崩れるような、というよりも、足元ってなんだっけ、と思うくらいのどうしようもなく空っぽな気分に思考が吸引されて、それどころではなかったのだ。

俺は複製だ。しかもたくさんの複製のなかのひとりだ。

江戸時代にとばされてすぐに松本城の崩壊を目にした記憶は、その世界で消滅した俺の記憶だ。数多といる俺がどいつもこいつも同じような目にあって、鈴木伊織をやらされて、しまいには消滅してしまうんだとしたら。この俺の記憶もいずれ、別バージョンの俺に吸収されて――。

人間の表情を読むテクニックが蛾にあるかという問題はさておき、あまり好意的でない感じのする蛾は俺の鼻先で羽をひらひらさせた。

「ぶっちゃけ、どの培養複製時管を本番用にしても大差ないとは思うんだが、一番マシなのを選ぶっつーんだよ、このお方は。

これがまあ、難しい。なにしろ重なり合ってるんで、もつれにもつれてどれがどれだか。

そこでだ、ここにいる天才的発想の持ち主が考案なさった。時様体の意色を染色してマーカーに使うってのを」と、もう一方の蛾を前肢二本で軽く小突く。

「せっかくなら一番いいのを選びたい。それのどこがおかしい？」と小突かれた蛾。

「ああ、そうだろうとも。ストレスでぱたっと眠りについたと思ったら、その時管の流れに乗っていった先で思い出したように活動再開。追跡しがいのあるなんとも出来のいいマーカーだ」

それはつまり、江戸時代にいたはずがはっと目を覚ましたら明治時代にいた、という現象を指しているようだ。

ストレスだと？　そりゃ、むりやり江戸時代にねじ込まれるなんてめったな経験じゃない。そのうえ鈴木伊織になりきるよう強いられたあげく、精神的にも肉体的にもさらなる負荷がかかったら、タイムスリップくらいするってもんだ。

そんなふうに卑屈っぽく、やっとの思いで動揺を逃そうとしていたのに、

「どうせくたばる予定の時様体だからな。腐った時管からひょいとつまみ上げて培養複製時管に放りこんでもどうってことないよな。それでもって、使い捨ての複製になっても知ったこっちゃない。で、その一方でインフォームド・コンセントときたもんだ。笑かしてくれるよな」

皮肉屋の蛾の言葉がじんわりとぼんくら頭に浸透し、ふいにすとんと胸に落ちた。

ああ、そうなんだ。そんな気はしていたんだけど。

二一世紀のあの夏、俺は死んだんだ。

松本城で、倒壊に巻き込まれて死んだんだ。おおぜいの観光客といっしょに。

いや、死ぬ予定だったところを、こいつらが拾いあげた。千曲と俺とを。その意色ごと、俺という時様体を拾いあげて江戸時代に放りこんだ。

じわっと視界が滲んだ。

二二歳の若さで死んだことにたいしてじゃない。ここでもといた場所に帰してくれと懇願したところで、帰る先がないということに。

俺たちの世界は腐って死んだ。死に向かう病床にあった。あんなに元気そうに見えたのに。

その病弱な体質を俺が放りこまれた世界も受け継いでいるという。

「お……俺は、じゃあ俺がいちばん長生きする世界がその……移植に使われるのか？　俺ががんばれば……」

それはたぶん、冷たい目ってやつだったんだろう。四つの複眼がいっせいに月光を反射した。

「おい聞いたか。自分程度のちっぽけな時様体が時管を選ぶ基準になると思ってるんなら、おこがましいにも程がある」

「まああたしかにエネルギーを無駄に放出する時様体は、時栓の形成に一役買うのみならず、自らの崩壊も早めてしまう。ということは、時栓が発生しにくい複製時管を選ぶにあたって、特定の時様体を観察してその崩壊スピードを比べればいい」

「わかりやすいのを選んでな。もとの時管で時栓にひっかかって、一気にエネルギーを放出したやつ。

指標はこれだよ」

と、蛾は羽を大きく広げた。

これ――松本城。

「この時様体がいちばん長持ちしそうな複製時管を移植に用いる」

俺はぽかんと口を開け、おそらく世界一間抜けなことを言ったと思う。

「もっと長持ちするものがほかにもあるのに？　法隆寺とか、じゃなかったら石造りの……ピラミッドとか？　あるいは太陽とか？」

蛾が取り合わなかったのも無理はない。何を指標にしようが時栓ができて時管が壊死してしまったら、当然のことながら、みんないっしょにおだぶつだ。

「指標となる時様体自身が持っているエネルギーをいかに効率良く放出するかってのがポイントでね。ようするにエントロピーの過度な増大に抵抗する力が問われるわけだ」

エントロピーの増大。たしか、散らかり具合とか。

放っておくと物は壊れる、古びる、劣化してしまいには粉々になる。カップのコーヒーは冷める、スフィンクスの鼻はもげる、それらのすべてはエントロピーの増大という言葉で説明できる。あらゆる物質は熱量を持っている。つまりエネルギーだ。温度だ。それは低きに流れる。物質はどんどん冷えていく。エネルギーの拡散、エントロピーの増大によって。

冷えきった物質は自身の構造を維持する力すらも失う。

やっとわかった。さっきからこいつらがエネルギーと称しているものは、それだ。物質がもともと持っていた自身を構成するエネルギー。物質自体が持つ基礎体力。

エントロピーの増大とは時間の流れそのものだ。

俺たち物質は——時様体は己を構成する力を時管に渡すことによって、時管を維持させる。どこかで詰まって、そこからエントロピーが増大しなくなったら、それは時間の停止を意味する。時管の死だ。

松本城が崩壊した世界は、そこからさきはエントロピーの増大率が極端に下がって時間が止まる。

世界が停止する。

それで江戸時代か。蛾が複製をこしらえたというのは、指標、つまり松本城が傾く兆《きざ》しをみせてから崩壊するまでの時間だ。マーカーとして俺が放りこまれたのは、その始まりの部分だ。

「じゃあ、松本城を倒壊させないようにできたら……」

ヘレン・ケラーがウォーターと叫んだときと同じ顔をしているであろう俺の心中を知ってか知らずか、蛾はばっさばっさと羽をばたつかせて苛立ちをあらわにした。

「つくづく傲慢なやつだな。マーカーに指標の粘性をどうにかできるわけがないだろう？　おまえは時様体にすぎないんだ。自身の保持ですらままならないのに、ほかの時様体のエネルギー放出量を抑えようだなんて」

「通常の時様体は自身を維持する活動はできないが、一部は自分自身を代謝させることができる。意色はそういった特定の時様体が持つ変性部位だ。

だけどそれによってほかの時様体の崩壊を止めることはできないし、もちろん時管が必要とするだけエネルギーを渡せるようになるわけでもない」

「おまえはおまえが組み込まれているシステムをどうこうできるのか？　自身の崩壊や時管の寿命に抵抗できるとでも思ってんのか？」

俺が組み込まれているシステム——肉体、地球、世界、そんなもの。

松本城が崩壊しないような世界を移植に使うのだと蛾は言うけれど、俺はその世界にぶち当たるまで何度もやり直しさせられるんだ。そこにぶち当たるための方法すら持ち合わせていないんだ。

ただ崩壊する世界を眺め続けるだけなんて――。

「意色は時計だよ。自身が内包される時様体のエントロピーの増大率を感知するために発生した器官さ。意色を持った時様体は、その時計を参考にして時管にエネルギーを受け渡す。それ以上の役目はないよ」

蛾のセリフはなぜか温かかった。昆虫が温度を持った音を出せるとは思えないが、同情しているみたいに聞こえた。

それは無駄な機能にたいする憐れみだった。知らないほうが幸せなことだってあるのにな。刻々と自分と自分がいる世界が崩壊していくのを知覚する機能が祝福される場面なんてありはしないのに。そう、言っていた。

話はそれで終わりだった。

俺はなぜだかガキのころに学校でヘチマを育てていたのを思い出した。

ひとりの女の子が毎朝、ヘチマに大きくなれ、元気に育てと声をかけていた。ガキの俺はそんな無意味を冷めた目で見ていて、やっぱり女の子のヘチマは特別大きくなるということもなく実をたくさんつけるということもなかった。女の子はとくに気にした様子もなかったけれど、俺はなんだかがっかりしたのを覚えている。

二匹の蛾はきっと心優しい医療従事者なんだろう。患者を救おうと必死になって、その血の一滴にまで心を砕くタイプの。ただの一成分のそのまた一成分にこうして話しかけてきたのは、そういうわけだ。

悲しい優しさ。

ほんとに情けない。自分がこんなに泣き虫だなんて知らなかった。

気づけば俺はひとりでぽろぽろ涙をこぼしていて、しんと静まり返った天守閣最上階で細い月の白い目にさらされていた。

「鈴木殿？　そこにおられるのは鈴木伊織さまかやあ？」

階下からにゅっと現れた川井八郎三郎はありがたいことに、涙を拭うしぐさを見て見ぬふりをしてくれた。

「二十六夜神さまと行き会わなんだかい。どこ行ったずら。奉納の儀をやってないもんでいじれちまっただかや」

川井八郎三郎がいるということは、貞享三年の晩夏だ。

ああ、あの二匹はたしかに優しかった。俺をお役ご免にすることなくマーカーとして使い続けることに決めたのだ。本当にお優しい。残酷といっていいくらいに。

9　貞享三年九月二六日

「これは鈴木伊織さま。さすが目ざとい」

待ちかまえていた小穴善兵衛が会釈した。

黄金色の田を貫く一本道、俺は馬の足を止めて鞍《くら》から降りた。

そうだったよな。

善兵衛はおしゅんに見張り役をやらせて、俺が中萱村に向かっているのを知っていてここで足止めするんだった。

なんでかっていうと、村総出の稲刈りをカモフラージュにして中萱村の熊野神社で密談をしているから。多田加助を中心として掘米村や執田《しった》光《こう》村の庄屋、その息子たちが強訴に向けて綿密な打ち合わせの真っ最中なのだ。

「まーず寒くていけねえ。たいして膨らんでもいねえに刈られる穂もせつねえが、霜でも降りてみましょ、凍み上がっちまってどうにもなんねえでね。おい、おしゅん」

善兵衛が田んぼに向かって手招きすると、耳も鼻の頭も真っ赤にしたおしゅんが畔を駆けてきた。顎を上げ、肩が上下しているのを気取られないようにしている。

つんとすましてはいるが、はずむ息をやっとのことで抑えているはずだ。

おしゅんが走って馬の足に必死で食いついてきたのを俺は知っている。たびたび俺が馬を立ち止まらせたのは視察の目を光らせてのことだと思っているんだろうが、どっこい、それはおしゅんの休憩タイムだった。サディズムは趣味じゃない。

「おぞいなりをしてるじゃねえかい。そんなものを巻いてるのはおめさまだけだじ」

おしゅんの腰に巻かれている毛皮に顔をしかめる善兵衛を制し、俺は言った。

「稲刈りかあ。忙しそうだなあ。こりゃあ、ひとっ走り先に伝えてもらったほうがいいかな。おしゅん、すまないが鈴木伊織が来たと加助に知らせてやってくれないか」

願ってもない提案、と善兵衛もおしゅんも思っていないのは明らかだった。自分たちが用意していたセリフを横取りされて、鈴木伊織という得体のしれない藩士に向ける笑顔を凍らせている。

「あのう、鈴木さま」

馬の手綱を渡されたおしゅんが何か言いたげにもじもじするので、てっきり毛皮を使ってくれと言い出すのかと思ったら、違った。

「おとつい岡田村にいらしただだね。稲刈りの手が足りねえっていうで昨日行ってみたらなからになってて、はぜかけぐれえしかやることがなかっただ。だで、岡田のしょうに聞いてみたら——

——」

ああ、そのこと。

予定では、岡田村には今日立ち寄るはずだった。だが俺は、大門沢川が崩れてその応急処置に岡田村の農民が駆り出されるのを知っていたんで、予定を繰り上げたのだ。ふいをつかれた岡田村の庄屋は面食らって、明日にでも稲刈りをするつもりだと釈明しはじめた。もちろん俺にそんな釈明をする必要なんかぜんぜんないのだけれど、あんまり庄屋が必死なんで、じゃあ俺も手伝うよと言ってしまったのだ。

当然、庄屋は狼狽したし、俺だってたいした戦力にはならなかった。鎌で稲を刈る。言うは簡単だが、あんなにしんどいものはない。一株二株じゃないんだ。腰も膝も首も曲げっぱなしだ。悲鳴をあげる背筋を伸ばして振り向くと、自分の手の遅さに愕然とする。俺が余計な手出しをしたばっかりに、かえって岡田村の人々をしゃかりきに働かせる破目になってしまったのも申し訳なかった。結果として、その翌日に稲刈りを手伝うはずだったおしゅんは空振りし、こうしてすまながっている。

「岡田のしょうが鈴木さまには頭があがらねえってわ。ほんで、中萱村でも鈴木さまの手をわずらわせるようなことがあっちゃなんねえって、くれぐれも頼むわって言うで」

おしゅんは俺に釘を刺そうと懸命だ。手にした鎌を俺がひったくるとでも思っているのか、手綱を握りながらも胸元に掻き抱く。

「申し訳ないけれど、その心配はご無用だよ」むしろ足手まといになりかねないから。慣れない農作業がもたらした筋肉痛はいっかな治まりそうにない。

「中萱村の手伝いはおれがやるでね、やらなんでいいでね」

「やらないよ」

「本当だだね」

「本当だよ」

押し問答の末に折れたおしゅんは馬を神社に走らせた。警戒せよと加助に伝えに。

そうだ、警戒せよ。

加助、善兵衛、あんたらはもっと警戒しなくちゃいけない。自分たちが描いたシナリオ通りに事が進むなんて期待しちゃいけない。

年貢減免は勝ち取れないかもしれない。罪に問われて名前が上がるのは加助だけではないかもしれない。

用心しろ。逃げ道を準備しろ。二斗五升と叫ばずにすむ未来を用意しておけ。

「岡田村の矢諸で、礼を言ってくれと頼まれた。おしゅんを手伝いに寄越してくれようとする気持ちがありがたいと言って」

そう伝えたら、善兵衛はしかめっ面《つら》をした。

「矢諸のしょうはやすくていけねえ。大門沢川が崩れて人足を出すはいいだが、自分とこの稲刈りがなからにもなってねえに」

「おしゅんを気にかけてる男がいるっていう話を聞いたぞ。ライバ——恋敵が多そうってんで尻込みしてたけどな。おしゅんみたいに元気な子だったら、引っ張りだこだろうなあ」

今回訪れた岡田村は、前回に輪をかけた荒《すさ》みようだった。跡継ぎ問題と人口減少に直面し、矢諸家のルーツ探しどころではない。千曲のお母さんだったら絶対に嫁に来ないような場所だった。娘の嫁入りという話題を前にして父親が複雑な心境に陥るのは古今東西共通なようだ。善兵衛はそのお手本にしたいくらいの顔をこさえて、もごもごつぶやいた。

「どうだか。鈴木伊織さまくれえのお人でもなけりゃ、あのごた娘はうんと言わねえずら」

俺は「ははは」と薄ら笑いを浮かべながら、あとどれくらい雑談をすればいいのか考えた。執田光村の庄屋、堀米村の庄屋のせがれが退散するのに充分な時間を。

俺は彼らを見ていない。もし、のちのちサイアクの事態に陥って、目端の利く誰かに襟をふん捕まえられてがくがく揺さぶられてそう答えるためには、見てはいけない。

努めてゆっくり神社までの道のりを歩き、小川のほとりでこちらに気づいて頭を下げる加助に声をかける。

「稲刈りだってな。忙しいところにお邪魔してしまって申し訳ない」

「ご心配にはおよびません、鈴木さま。楡村のおしゅんも手伝ってくれておりますし」

「ああ、おしゅんは働き者だもんな。今度、俺も江戸へのお使いを頼んでみようかな」

加助と善兵衛は目を見開いた。この鈴木伊織という男、何を言いたい？　はっきりとそう顔に描いてある。

勘ぐれ。考えろ、考えろ。

奉行所に押しかけるのは得策か？　農民を動員して松本城を包囲するのが最善か？　藩の最高

責任者は誰なんだ、そいつは今どこにいるんだ。忠直が江戸詰めを終えて松本に帰ってくるまで、思いとどまれ。

「……江戸に何か知らせるようなことでもございましたか」と、加助。

「うん。二十六夜神さまが松本城ではなく中萱村に降りたってな。忠直に言ってやらなきゃ。たまには松本のことを思い出せって」

すっとぼけてみせると、ふたり揃って胸を撫で下ろす。ああ、見てるこっちがハラハラだよ。あんたら、ちょっとは演技力ってもんを身につけたらどうだ。そんなんだから家老にやすやすと騙されるんだ。

「さすが鈴木さま。二十六夜神さまが中萱村におられると聞き及んでおられましたか」

「ああ、まあな。先月の二六日に城内に降りてきたという話は聞いていたんだが、その後どこに行ったのか探していたんだよ」

「そうですか。お武家さまのなかにも気にかけておられる方がいると聞けば、二十六夜神さまも安心されるでしょう」

加助に案内されて境内に足を踏み入れると、記憶にあるとおりの光景があった。二ヶ月ぶり——いや、二一七年ぶり。

千曲だ。

あの日と同じ、制服姿の千曲。子供相手に山崩しを真剣にやってやがる。砂を盛った山に棒を差して順繰りに砂を掠《かす》め取っていく、あの遊びだ。

「うわ、うわわ、そんなにいっぱい取って。あああ、傾いたー」

「ねえ二十六夜神さま、あのさあのさ、なんでだだ」

「何が。ていうか、ちょっとお静かに」

「二十六夜神さまはお城の味方じゃないだだ？　なんでおらほにいるだ」

「あたしが？　あたしはみんなの味方だよ。お城にいたってしょうがないもん」

「ほいだったら、二十六夜神さまを追い出すような城、倒してやりゃあいいに」

「え？　それはだめだよー」

「なんでなんで。お城がおらほをいじめるだだよ。なんで守ってやらなきゃなんねえだ」

「守るもなにも」

「お城なんか倒しちゃえ」

「倒すもなにも」

うーん、と眉間に皺を寄せ、そんな力ないしなー、だいたいお城を守るっつってもなー、とかなんとか唸っている。

途切れた集中力は見事、砂に埋まった棒を倒した。千曲は天を仰ぎ、ようやく俺に気づいた。

「あ、巾上君」

じゃないよ。

「ヤバいよ、この子たち、まるで容赦なし。こてんぱんだよ」

なにやってんだよ。

出かかった言葉が喉元で立ち往生した。

能天気に子供と遊ぶ千曲の顔を見たら、言ってやろうと思っていたことリストの半分がどこかに吹っ飛んでいった。

なにやってんだよ、江戸時代に置いてけぼりにされて、お先真っ暗の世界に取り残されて。

一ヶ月前の八月二六日に松本城におまえの姿がなくて、今度こそ江戸時代にひとりぼっちだと思って、それでも川井八郎三郎がたしかに二十六夜神は六九年ぶりに降臨していると言い張るものだから、ずっと探していたんだ。

ずっと考えていたんだ。あの頑固者に会って話さなくちゃならない。俺たちは帰れないんだって。俺たちの世界は壊死してしまって、江戸時代にふたりぼっち。喧嘩は避けようぜ。

それなのに元気いっぱい子供と山崩し。しかも負け。

そのうえにこにこ笑っている。

「巾上君？　どしたの、お腹すいてるの？」

うるさい、泣いてなんかいないやい。

「おまえ、今までどこにいたんだよ。何やってたんだよ。俺は、俺はな、」

「ごめんごめん。あたしもね、試行錯誤っての？　あれこれやってみたんだよ。でもなっかなかタイミングが合わないわけ、これが。いやー、困ったなーって」

なんだよ。迷子どうし歩き回ってたら会えるわけないだろ。どうしてじっとしていられないんだよ。

千曲のやつ、子供にするみたいに頭をぽんぽんしやがって、ほらみろ、加助の妻があわてて凍み餅を配りはじめたじゃないか。

思えば手に手に凍み餅を持った村人の誰もが笑っているこの瞬間以外に、加助が微笑んでいるところを見た記憶がない。前回もそうだったように今回も彼らを眺める加助の表情は柔らかい。ひょっとしたらこの俺もそうだったりするのかもしれないけれど。

「二十六夜神さまばっかり三つも。いーいなー」「神さまはいーいなー」「なー」

と子供たちがはしゃげば、

「ほんでも神さまだで、おらほにくださるだだよ、きっと」おしゅんがからから。

千曲とたわむれる子供たちとおしゅんの姿は、なぜだか全面結氷した諏訪湖に雲の隙間を割って一瞬だけ光が落ちた光景を思い出させた。そのあとに千曲が言うであろうセリフに目くじらを立てる気にもなれない。

「ごめんね。凍み餅は巾上君に……」

言いかけた千曲を遮って、俺はおしゅんに懐のなかのものを手渡した。

「これで勘弁してくれ、な」

農作業で荒れた手のひらにちんまり乗っかった二つの繭玉を見て、おしゅんはとまどったようだ。

絹というものの噂を聞いたことがあるか、という愚問を発するのはやめた。もちろん知ってるに決まってる。ただ縁がないだけだ。

この一ヶ月、領内のあちこちを見て回った限りでは養蚕が根づいているとは言い難かった。俺の予備知識によれば、松本盆地が製糸業で潤《うるお》うのは第一次大戦以降のはず。この時代、絹はブルジョアだけが身にまとえる贅沢品で、二一世紀の価値に換算したらきっとロレックス級だ。もし俺がつつがなく大学を卒業してそこそこの企業に紛れ込めたとしたって取扱店のショーウインドウを眺める気にもなれない、そういうシロモノだ。

「桑の木を植えて、蚕を飼うんだ。幼虫に繭を作らせて、絹糸を生産するんだ。

おしゅん、現金を——銭を稼ぐんだよ。年貢が米に限られているのを逆手にとって、米以外の収入源を確保しておくんだ。絹糸は高く売れるだろう。町人とうまく話をつけて、みんなが飢え死にしないですむ方法をみつけろ。年貢をがっぽり取られても平気なように、別の資産を作っておくんだ」

おしゅんは顔を上げて俺を見た。口元がわずかに開いている。

「……鈴木さま、おれは鈴木さまに何すりゃいいだ？　鈴木さまにやれるものなんて何もないだに」

と、腰に巻いた毛皮を俺の肩にかけようとする。

これは理解した顔じゃないな。話をする相手を間違えたのかも。

俺は毛皮を固辞《こじ》し、噛んで含めるように言った。

「俺からのお願いだと思ってくれ。俺のかわりに蚕を育ててほしい。卵を産ませて、うんと増やしてくれ。飼育方法や絹糸の取りかたは千曲……二十六夜神さまが教えてくれるだろう」

これでどうだ。

おしゅんはぎゅっと繭玉を握りしめ、まっすぐに視線を返してきた。強ばった目が鈴木伊織という藩士を値踏みしているとか、強訴にたいする牽制と解釈していたとしてもしょうがないとか、どうでもいい。その脳裏に村の未来図を描いていることを祈るばかりだ。

そこへ、聞き耳を立てていた村人がにやにやしながら口を挟んできた。

「や、鈴木さま。罪作りなことなすっちゃいけねえじ。男しょうに何か貰ったら結納なんじゃねえかとおしゅんが勘違いしちまったらどうするだ」

「えっ。いや、そうじゃなくて」

「まーず嫁の貰い手どころか話のひとつもないでね。親父がいけえねえだ。楡村の小穴といや、なからの男しょうは近寄れねえ」

「人づてにおしゅんをほしいと言ってくるような男に娘をやるバカはいねえずら」と善兵衛。

「って矢諸の？　ありゃあ気はいいが胆《きも》が小さい。おしゅんなんか貰った日には尻に敷かれて胆なんかなくなっちまうわ」

「下手に我の張った男でもいけねえずら。じっと喧嘩ばかしてうまかねえわ」

「鈴木さまに押しつけるってのも酷な話じゃねえかい。困ったこんだわ」

やいのやいの。とうとうキレたおしゅんが顔を真っ赤にしてわめいた。

「何だだ？　言いたいほうけ言って。もうやだくて！　嫁に行くの行かないの、そんなの、そんなの、鈴木さまに聞かせる話じゃないだわね！　鈴木さまは、鈴木さまは、おらほを気にかけてくだすって二十六夜神さまにもとりなしてくれて」

もうやめて。誰かおしゅんの口を塞いで。

「鈴木さま」

助け船を出してくれたのは、加助だった。やっぱり頼りになる男だ。

「これは……貴重なものなのでは？　ただいただくのはおしゅんも心苦しいかと」

貴重どころか。二一世紀の形見だ。ひょっとして二一世紀なんて夢だったんじゃないかとか、俺ははじめっから鈴木伊織なんじゃないかとか、時管なんていうありもしないものを心配する必要はないんじゃないかとか、自己暗示と逃避思考が手と手を取りあって踊り出すのをふせぐ物質的よすがだ。

そしてお守りだ。

俺と千曲を守ってくれなかったのは、別のものを守るためなんだろう。そう思うことにする。

「気にするなって。俺はそいつと縁がなかったんだ。どうしてもというのなら、ヨモギをわけてくれないか？」

「ヨモギ？　この時季ですし……春の新芽と違ってこわいかと思いますが」

「それでいい」

ヨモギと凍み餅。今の俺のお守りにふさわしいのは繭じゃなくそのふたつだ。無事に江戸から戻ってくるための開運グッズ。

消防士だって自分が死なないのを第一に考える。そういうことだ。

ひとっ走り畔を回ってヨモギを摘んで来いと指名されたおしゅんに、村人が忠告する。「三本松んとこのはダメだじ。あそこは流行り病で死んだせがれがじっとしっこまってたところだでね」「ばあさんの墓んとこにアケビが残ってたで採ってきましょ」

おしゅんも負けていない。「あのばあさんのアケビなんてぼけったいずらに」

凶作続きの寒村はどんより暗く——なんてことはなくて、どこそこの次男坊が病に倒れたとか、あそこの嫁さんはふたり続けて赤ん坊を亡くして本人も産後の肥立ちがよくないとか、話題の重さにかかわらず誰もがそれらの事実を淡々と受け止めていた。

「小豆《あずき》のたんと入った赤飯を腹がつもくなるくれえ食べてえなあって言いながら死んでせ。そんな小豆どこにあるってことって言ってやっただが、聞くまえに逝っちまったわ」

悲愴もへったくれもない。その農民が最愛の妻の最期を看取ったのをみんな知っている。後悔も喪失感もなんにもない。あるのはただ、日常を受け入れている強さだ。

農民たちがそうして悲しみや憤りに振り向けるエネルギーを節約している一方、加助が一身にそれらを引き受けているように見えた。その小柄な体に彼らの苦しみを溜め込んで、諦念を打破せんと怒りに変えているかのようだ。

「気の毒に。小豆だったら工面してやれたかもしれないのに」

と加助が哀悼の意を表するが、妻を亡くした農民は頭を横に振った。

「ただの話せ。かあちゃんだって飯が喉を通らねえことくらい知ってたでね」

「小豆やヨモギが埋め草になるのならどうあっても用意しましょう。

して、鈴木さま、今日は何のご用で？」

もしかしたら加助だけが俺と同じように感じているのかもしれない。こんなふうに近しい人の死を悲しむ余地もない世界は、やっぱり何かが間違っている。

策をめぐらせて加助を警戒させて遠回りに忠告しようとしたけれど、この男には通じそうもない。下手な小細工はやっぱりやめだ。

「おしゅんを追っ払うとは先見の明があるな、加助。静かなところで話そう」


私も同席しますという善兵衛も含め三人、社務所というより物置というにふさわしい掘っ立て小屋で膝を突き合わせる。飲み込む唾《つば》の音が響くくらい、寒い。

迷った末、単刀直入でいくことにした。

「二斗五升の減免は実現しない」

さっと加助と善兵衛の顔がこわばる。

しかし、どこまで知っているのですか、と聞くほど彼らは愚鈍ではなかった。

「鈴木さまは」加助が静かに言葉を運ぶ。「越訴を思いとどまれと言いに来られたのですか」

「鈴木さまは家中の力が及ばないお方のはずだで。とすりゃおらほを心配なすってのことかや、組手代に頼まれでもしたかや」一方の善兵衛は作り笑いに失敗している。

多田加助を中心とする農民が手代、代官を飛び越して奉行所に越訴するのではないかという噂を聞いて俺がやって来たと思っているのだ。ふたりとも、越訴などとんでもございません、からはじまる茶番が通じる相手ではないと踏んでくれたらしい。よかった。話が早い。

俺は首を振り、

「答えは順にはい、はい、いいえ、だ」

怪訝《けげん》そうに眉をひそめる加助を見据える。

「加助、本当のところはどうなんだ？　年貢減免二斗五升、この要求は現実的だと思っているのか？」

痛いところを突かれた、そういう顔だった。加助は唇を噛みしめ、搾り出すように言った。

「藩政の厳しさは存じております。凶作続きで石高《こくだか》の維持が難しくなっていることも。たとえ水野忠直侯が暮らしぶりを省《かえり》みても、現行の三斗でどうにかというところでしょう。ですが領民はもっと苦しんでおります。百姓が病に倒れ、飢え死に、子をもうけることもままならなくなったら、それこそ米の作り手がいなくなってしまう。なにより、先のことを不安に思うあまり領民の心が挫《くじ》けてしまう」

「承知のうえで越訴しようというんだな」

「私は、私たちは領民の心に灯をともしてやらなければなりません。領民の気持ちがこの背中を押しているのなら、応えてやらなければなりません」

「誰かが必要だだよ。口を開く誰かが」

「二斗五升は実現しない」

俺はもう一度言った。

「奉行所はのんでも、家中は決してのまないだろう。のまないとわかっている要求をしてどうする？」

「わかっております。三斗。藩政と私たちの生活と、その折り合いがつくのは三斗がせいぜい。奉行所としても三斗だったら言い分の正当性を認めて覚書を出すかも——」

あれ？

ふと違和感がよぎった。

何かが違うような。前回の加助はこんなこと言ってたっけ？

だが俺のつるっつるの脳味噌にかろうじてひっかかったそれは、善兵衛の剣幕にあっけなく吹き飛ばされた。

「やや、ほうじゃねえ。二斗五升でなきゃなんねえだよ！」がばっと前のめりで唾を飛ばす。

「高島藩が二斗五升、だったらおらほも二斗五升。ほうでなけりゃやりきれねえと皆が思ってるのは知ってるら。たとえ無理でも旗印にせなんといけねえだ」

おしゅんを嫁にくださいと名乗り出る若者がいないはずだよ。善兵衛の押しの強さといったら、その固い頭で岩をも砕きそうだ。だがそこは加助、長年のつきあいで培《つちか》った受け身の姿勢でやりすごす。

「二斗五升、それは総百姓の願いです。越訴する以上、みなの期待には応えたい」

「だが加助……」

「しかし、それが通らないとなると私たちに残された道は強訴だけになってしまう。私とて強訴は望みません。ほかの百姓たちを巻き込むのはしのびない。

それは越訴も同じこと。奉行に直接訴えることなく、どうにか手順を踏んで穏便に減免を勝ち取れぬものかと思わぬ日はございません」

「加助！　さんざっぱら話しあったずら！　ほうぼうの手代を味方につけたり代官に根回しできりゃ苦労はしねえ。気の長いことやってる余裕はないだだよ。このままじゃ今年の冬を越せねえのは皆が知ってる」

「わかってる。だがな、善兵衛、越訴のあげく何も得られないどころか失うものがあるとなれば、それこそやりきれない。

三斗だ。今と同じ三斗。それならば勝算もある」

「だめだ、二斗五升だ。そこは譲っちゃなんねえ」

なんと内輪もめが始まってしまった。いいのかそれで。部外者が同席してるんだぞ。聞いてる俺のほうが肝を冷やすっての。

先ほど感じた違和感が大きくなっていく。

この加助は違う。

前回の加助のように、一点のくもりもない目で勢高の処刑場まっしぐらに走り抜けた男とは違う。

この加助ならできるかもしれない。

この培養複製時管は、指標をやみくもに弱らせないかもしれない。時様体の意色が自己と他者のエネルギー効率を左右する事例になるかもしれない。あのクソ親切な蛾がなんと言おうが。

「ちょっと、いいかな」

わざとらしく咳払《せきばら》いひとつ。ありがたいことに、加助と善兵衛はそこに鈴木伊織がいることを思い出してくれたようだ。

「こういうことがよその藩であった、ってことで耳を傾けてほしいんだが。

年貢減免二斗五升を求めて越訴を決行したとする。とりあえず百姓を帰らせたい奉行は三斗の減免を認める覚書を出す。もちろん百姓は納得しない。二斗五升を叫んで強訴に踏み切る。鍬鎌《くわかま》鉈《なた》を手に農民が城を取り囲み、睨みあいが続く」

ここで、ごくりと唾を飲み込む音が粗末な小屋に響いた。合計三つも。

加助たちがどの程度まで想定して計画を練っているのか知っているわけじゃないが、間違いなく言い当てている。前回、江戸屋敷で聞きかじった詳細はそうだった。

「家中も百姓も一歩も引かず二日二晩、とうとう家中が動く。

それはだな、奉行の覚書は反故、年貢は三斗五升に引き上げ。

一歩も引かない百姓たちが家中の態度を強硬にさせた結果だ」

そして越訴および強訴の首謀者は捕らえられて処刑されるんだ。

しいん、と小屋をとりまく外の世界が息の根を止めでもしたような沈黙が降りた。善兵衛はまるで考えていなかったシナリオに呆然としている。

それでも加助は眉ひとつ動かさずに俺をじっと見ていた。背筋をしゃんと伸ばし、自分が対峙しているものの正体をつぶさに観察しているみたいに。

「奉行が減免三斗を認めた時点で引くんだ」俺は言った。「現状据え置き三斗。それならば百姓の言い分にも理がある。越訴の罪を問われはしても、減免を勝ち取れる可能性がある」

「だけど……だけど、三斗でも飢え死にを出すありさまだ。鈴木さまも見つら、今年の稲のおそいことといったら……」

「だめだ。家中の譲歩を引き出すためには百姓も譲歩しなければ」

「いいや、鈴木さま。一か八か、死ぬか生きるか、腹をくってのことだだよ」

「とにかくはじめから三斗の要求でいくか、二斗五升を要求して三斗で引き下がるか、だ。事態が長引けば藩としても厳しい処罰を下さざるを得なくなる」

「行くも地獄、帰るも地獄。二斗五升が通らないとなりゃおれたちは飢え死ぬだけだじ」

なおも食い下がる善兵衛をよそに、加助は静かに瞼をおろして考え入っているようだった。訴えの内容とリスクを天秤《てんびん》にかけ、じゃなかったら自分の命と天秤にかけているのかもしれない。

自分の命だけだったらな。きっと加助は迷わずに死ぬ道を選ぶ。だが加助は、北アルプスをなぶる雹《ひょう》まじりの風よりも冷酷な空模様にその身をさらしているのが、自分だけではないとわかっている。

「鈴木さま、私どもは総百姓の代表として奉行所にまいります。それはあくまでも減免を求める書状を渡すだけのこと。それに理があるとなればさほど罪に問われることはないでしょう」

強訴でもしないかぎり。

加助が言葉にしなかった部分を汲み取り、俺は言った。

「からかさ連判状を燃やせ」

ぎょっとしたのは善兵衛だけではなかった。さすがの加助も身を固くしている。

「証拠を残すようなことをするな。ほかの庄屋や百姓を危険な目にあわせるような真似をしちゃだめだ」

なぜそれを、と声に出さずに善兵衛がわなないた。

俺は知っている。稲刈りにかこつけて、六組一〇村の庄屋が中萱村を訪れて連判に署名したことを。

からかさ連判というのは、誰が首謀者かわからないように放射状に署名することだ。強訴をするにあたって、各村の庄屋が名前を連ね、もし賛同しないのであれば家に火を放つぞ、だとか、女子供をさらうぞ、などと但《ただ》し書きを加えたものだ。こうすることでいざとなったら、脅されてしかたなくやったんです、と言い逃れできる。

加助や善兵衛が署名した庄屋クラスの連判状のほかにもおそらく、村単位で連判状が作成されるはずだ。

それは強訴に向けた準備だ。

後戻りも立ち止まりもできない道に突き進むための用意。連判状があることで加助は引き下がれなくなる。百姓は視野が狭窄《きょうさく》し、誰も彼もただ一点に向かって突き進んでいく。

どうか慎重になってほしい。俺は言葉には出さずに懇願した。デカい賭けに出て惨敗してどうする。二斗五升と叫んで松本城を打ち砕いてどうする。

生き延びるんだ。俺たちは、この世界ごと生き延びるんだ。惨めだろうが辛かろうが、すべて失うよりずっといい。

加助は答えなかった。ここでうかつなことを言って強訴の準備をしていると認めるようなバカではない。だから俺は加助が連判状をどうするつもりなのか、ついぞ確かめることはできなかった。

小屋を出て神社をあとにする俺を見送るあいだじゅう、加助と善兵衛は沈痛な面持ちで奥歯を噛みしめていた。彼らがこれから直面するであろう決断を思うと、罪悪感めいた痛みが胸に走る。結末を知っていて口を挟んでいいのは神さまだけだ。

ところが一番身近な神さまときたら、大事な指標をほっぽり出して子供相手に今度は丸バツで惨敗してやがる。

俺に気づくと鳥居の外まで追ってきて、ズバリと切り出した。

「待って待って。今から江戸に行くつもりじゃないよね？」

「行かない」

言ってから、はっと気がついた。

「っておまえ、何で俺が江戸に……」

「だってこの前そうだったじゃん」

なんてこった。

考えてみればそうなんだけど。俺がそうである以上、千曲も前回の記憶を持っていても当たり前だ。なんてったっけ、密接な複製時管にいる別バージョンの自分に意色が吸収されるとかされないとか。

「いやー、乾小天守で会わなかったからさー、てっきりひとりなんだと思ってたんだよね。そしたら来るじゃん。いるじゃん。びっくりだよ、ビビったよ」

「ビビった」

「うん。あーあ巾上君もかー、って。手強《てごわ》いね、こりゃ」

なんだか力が抜けた。居残り補習の顔ぶれみたいに言いやがって。俺に会えて嬉しいとかなんとかないのかよ。

「もしかしたらと思って、お城なんか何十回も行っちゃった。でもそのたんびに手ぶらで退散することになっちゃってさ」

「千曲……大変申し上げにくいんだけど、俺たちはもう」

「でもよかった。江戸に行かないんならずっと松本にいるね？　いてくれるよね？」

思わず後ずさりした自分が情けない。

巾着を胸元で握りしめて上目遣いだなんてズルいぞ。学園ラブコメじゃないんだぞ、時代劇本番中なんだぞ。

中萱村に向かうあいだ、もし千曲がいなかったらどうしよう、この世界でひとりぼっちだったらどうしよう、そんなことをずっと考えていた。一方で、千曲に会ったら俺は鈴木伊織を放棄してしまうんじゃないかと恐れもした。そんで、我が身に降りかかった数奇な運命を嘆きつつ、後悔と罪悪感にさいなまれながら江戸時代に埋没すんのか俺、正気か俺、などなど、心のなかで自分をはっ倒しもした。

俺は目頭《めがしら》にぐっと力を込めて涙のバカヤローを押し止めた。

「なんだか信じらんないよね。加助さんもおしゅんちゃんもいてさ、まだ元気だし生きてるし、これから雪が降って冬になるなんてさ……」

貧相な田畑を見渡してそう言う千曲は、その制服以外に二一世紀をまとってはいなかった。あれからどんなことが千曲の身にあったんだろう。前回の時管で俺と中萱村で別れてから、異質な世界にたったひとり、何を見て何を思ってきたんだろう。寒風になぶられる盆地を凝視する千曲の横顔は、俺よりずっと大人に見えた。神さまじゃなくて人間に見えた。

「ごめんな」やっとのことで俺は言った。ずっと言おうとしていた言葉だ。「こないだはひどいことを言った。責めたりして悪かった。なんにもわかっちゃいなかったんだ。でも今回は違う。前回とそっくり同じにはならない。二一世紀には帰れなくても」

二一世紀には帰れない。余計な一言をつけちまったと気づいたときには、千曲は下唇をめいっぱい噛みしめて目を真っ赤にしていた。

「ご、ごめん。俺、俺……」

「べつに。わかってるし。変えたいのは巾上君だけじゃないし。あたしだってあたしだって」

「わかったわかった、申し訳ない、このとおりだ。俺はがんばるよ、変えてみせるよ。だからこれだけは約束してくれ。なにがあっても『もうイヤだ』と言わないって」蛾に聞きつけられて、広義のインフォームド・コンセントなど受けることのないように。

「何言ってんの、そうじゃないよ。巾上君は巾上君は」

あとはもう、うわーん、と泣く女子高校生をどうやってなだめるかという無理難題に途方に暮れるしかない。

それに比べれば家中に根回しするなんてやさしいもんだと思えた。このときは。

10　貞享三年一〇月一一日

「ダメだったねえ」

がっくり肩を落とす俺を尻目に、千曲はあっさり敗北を認めた。

本丸をさっくり追い出されるヒラ藩士を見る武士たちの目が痛い。あーあ、やっちゃったよあいつ。いくら忠直おつきの家臣だからってトクベツなわけじゃないんだから。いい気味だ、ざまあみさらせ。てなもんだ。

大手門から叩き出された俺たちは活気あふれるとは言い難い城下をとぼとぼ歩き、たそがれ時の長い影に重さがあるように感じている。

松本城に続く目抜き通り。善光寺西街道は往来もまばらで、うなだれて歩く俺たちは商売の対象ではないといわんばかりに漆器屋も飴屋もさっさと店じまいをはじめている。

奉行に話をつけるところまではよかった。

鈴木伊織の訪問をうけた郡奉行は、話に聞く二十六夜神を伴っているのを見て文字通り平伏した。

あのね、お願いがあるんだけど。

霊験《れいげん》あらたかとは言い難い二十六夜神さまが切り出した提案を言葉ひとつもらさずに心に刻み込もうとしている様子は、見ていて気の毒なくらいだった。

お百姓さんの年貢をね、引き下げてほしいの。三斗五升はひどいと思うんだよね。そんな無茶を言うお城なんてつぶれればいいよ。もし年貢を負けてくれるんなら毎月二六日の奉納をサボってることも大目にみてあげる。どうかな?

奉行が翻訳を求めてすがるような目で俺を見るんで、こう言ってやった。

二十六夜神さまは年貢減免を認めないのなら松本城をお見捨てになるとおっしゃられている。減免に同意するのであれば、月ごとの奉納をせずとも天守、城下、領地をあまねく庇護するというのだ。天災を退《しりぞ》け、他家の謀略を打破し、江戸表を守護する神々にとりなしてくれるというありがたいお言葉を頂戴している。

二十六夜神さまは苛政《かせい》が百姓どもの不満をつのらせ、我々家臣の領内治安に負担がかかっていることを存じてらっしゃる。我々家臣が疲弊すれば城も傾く。そう、心を砕いておられるのだ。

ははー。

床に額をなすりつける郡奉行とその部下。すまんね、こんな小芝居につきあわせて。

で、具体的にどの程度の減免で?　という段に及んで、そこからはかけ引き、俺の独壇場だ。はじめに二斗五升では、と言ってみる。もちろん奉行はいい顔をしない。うーん、それはちょっと厳しいっすね。そうは言っても二斗五升が妥当だと考えている百姓は多いんだよね。だけどそこまで譲歩したら今度はこっちが家中に叱られるんすよ。いーや、二斗五升、せめて二斗八升。勘弁してくださいお願いしますよ。

というようなやり取りを延々続けて、双方がくたくたに疲れたころあいを見計らって二十六夜神さまが口を開いた。

しょーがないなー、三斗でどお？

お百姓さんたちはあたしが説得してあげるからさあ。

そのかわり越訴に来たお百姓さんをタイホしたりしちゃだめだよ。ほら、順序ってもんがあるから一応は訴えをおこしてもらわないとね。あたしがお百姓さんに頼んどくから。訴状を持って来させるから覚書を書いてね。やらせだよ、やらせ。

ははー。

重ね重ね、すまん。郡奉行小島五郎兵衛《こじまごろうべえ》、君の名前は忘れない。

そうして奉行に話をつけたその足で、喜び勇んで城内に向かった。お目当ては家老だ。ごめんください、二十六夜神さまをお連れしました。

取り次ぎを願い出て、待ったの待たなかったの。見るからに異国のいでたちの美少女がいるってのに茶の一杯も出てこない。そのあげく蹴り出された。

なぜか。

考えてみたらそうかもしれない。つまり家老は二十六夜神に会ったという証拠を残したくなかったのだ。月ごとの奉納の約束を反故にしていたこともあって、何を言われるかと恐れおののいた。どんな要求をされるにしろ、主君不在のおり家老が勝手に二十六夜神と約束をかわした、もしくは怒らせたと言われてはかなわない。だったら二十六夜神には会えなかったことにすればいいじゃない。

非常に現実的な考え方だ。さすが家老、感服するぜまったく。

自分の浅知恵を罵倒する気力もなく、槍ヶ岳にぶすっと刺さった夕日を見上げた。なんていう日の短さだ。北アルプスが悪い。冬が悪い。ぐだぐだ理由をつけて目通りを引き伸ばしやがった家老が悪い。

今日はもう一〇月一一日だ。加助たちが越訴をおこすまであと三日。

強訴の罪で加助たちが捕縛されるのは一一月二〇日。あと四〇日。勢高の処刑場で磔になるのが一一月二二日。あと四二日。時間がない。

家老がダメとなると、あとは藩主水野忠直。

夕日が山の向こうに飲まれていく。冬の訪れに屈服するかのごとく、するっと稜線の向こうに落ちる。小雪が舞い散る曇天の夕暮れを思い出し、身震いした。

あんな夕日は見たくない。

俺は決心した。

「千曲、そのボウタイ、よく見せてくれ」

「は?」

「いや、なんかこう、おまえばっかりズルいじゃないか。高校の制服だなんて。俺を見ろ、二一世紀の面影ゼロだ」

「へー、巾上君もメランコるんだ」

なんだメランコるって。

意外だのおセンチだの後を振り向くな、いや前を振り向くな、だのと言いながらも、タイをはずして手渡してくれた。ありがたい。胸元を見せびらかされたらどうしようかと思った。

「校章入り。リボンタイのほうが可愛くて好きなんだけど置いてきちゃったから」

「これ、もらっとく」

「いいけど」

絶対になくさない場所ってどこだろうと考え、結局脇差の鍔《つば》に通した。武士の魂だ。決意の表れだ。妙に乙女チックな魂に成り下がってしまったが、まあいいだろう。

「俺は江戸に行く」

えっ、と傍らを歩いていた千曲の足が止まる。

「明日の朝、松本を発つ。忠直に会って直談判する」

「話と違う！　松本で三斗を認めさせるっていう作戦だったじゃん。だめだよ、そんなの。加助さんたちを監視するんじゃなかった？　三斗で引き下がるように様子を見てなきゃ」

「早ければ二日、遅くても四日で戻ってくる。それなら家中が減免二斗五升を認めた覚書を忠直の了承を得て返上させるのに間に合うはずだ」

「は、巾上君……」

「ようするに家中が江戸に走らせる馬の先を行けばいいんだ」

「あ……あたしも行く！」

はい？

ただのちゃらんぽらんだと思っていたやつは、とんでもない我儘娘《わがまま》であった。俺は我儘娘をじっと見下ろし、その真っ赤なほっぺたをつついてしぼませる道具がそこらへんに落ちてやしないかとあたりを見渡した。

「おまえは松本に残るんだ。残って、加助たちをなだめろ」

「やだよ！　あたしも行く！　だって二十六夜神だし！　殿様を説得すんのにあたしがいたほうがいいでしょ？」

「だめだっつってんだろ。松本でやってもらうことがあんだよ。それにふたりでは旅足も遅い。そんなリスクを連れていくわけにはいかない」

「やだ！　やだったらやだ」

今ほど千曲の脳天にゲンコツをくれてやりたくなったことがあろうか。

こっちは充分に勝算があると思ってるのに、無理だできっこない間に合わないとわめきやがる。いいやできる。中山道ではなくて甲州街道を行き、力尽きて倒れないように途中で一泊。家老が忠直にしたためた書状よりも早く江戸に着けば、我儘娘、じゃなかった、二十六夜神の託宣を受けてやって来たという話にハクがつく。今回はケチな忠直に期待したりせず自腹で飯を買うし、ヨモギだって持ってる。大丈夫だ。

「とにかく俺たちの目的は一一月二〇日までに家中に年貢減免を聞き入れさせて、加助たちのお咎《とが》めなしを勝ち取ること。それは時間との勝負なんだ」

「しょうぶ……」

「二重の意味で。俺たちは時間に抵抗するんだよ」

それまでたぶん、千曲は自分が何に闘いを挑んでいるのか自覚していなかったんだろう。がんと後頭部を殴られでもしたかのように目玉をひんむいている。

はからずも、加助の主張はまったくもって正しかった。農民が疲弊したら松本城も倒れる。農民たちを救うことは結果的に指標の崩壊スピードを緩め、この時管を生き長らえさせる。

時管の維持のポイントはエネルギーだと蛾は言った。時様体がエネルギーをどれだけ効率良く時管に渡せるかが問われているのだと。俺たちはその時様体とやらなんだそうだ。

んでもって、時様体が、すなわち物質がエネルギーを出し渋れば、時間の流れは遅延する。やがて時間は停止し、世界は死に至る。

ではその逆はどうだ。物質がむやみやたらにエネルギーを放出したら、それはたぶん時間の加速を意味する。あれよあれよと時間は進み、宇宙はあっという間に冷える。悪くするとエネルギー切れで身動きできなくなった時様体が時栓を形成し、時管は破裂して、衰弱死を待つまでもなくこの宇宙は雲散霧消する。なにごともやりすぎはよくない。

そんなふうに時間ってのはできてる。まあ、俺が理解したところでは。

俺たち時様体の――物理的存在のエントロピー増大への抵抗力の総和が、この世界の寿命を左右する。エネルギーの無駄づかいをして自分の崩壊を早めることは、時間との心中と同義だ。物質はある程度、自己を維持する力を持たなければならないのである。

自己を保存しようとする存在は、俺が知る限り、生物だけだ。

生物だけが、積極的に時間にかかわる。

んじゃあ、意色ってのはどういう必要性があって発生した器官なのか、というと。

あの態度のデカい蛾が言うには、意色――意識、主体的意思、我思うゆえになんちゃら、なんでもいいけど自己を知覚する機能は単なる時計だって話だ。

あー、時間が進んでるな、エントロピーが増大してるな、と感知する装置。意色それ自体が時管の代謝機能に作用することはない。なぜなら時様体がエネルギーを時管に受け渡すシステムの一部にすぎないから。

んなわけあるか。

モノが壊れる。自分が老いる。それはそれは不可逆的に持てるエネルギーが失われていくのをひしひしと感知する。やべー、このごろ疲れやすいわー、こんな生活してたら体壊すわー、うまい肉を食うためには共同体を維持して次の働き手を育てないとマズいわー、てなことで、もうちょいがんばって自己の維持につとめ、エントロピーの増大に抵抗しようとする。時間が流れるスピードにブレーキをかけろと叫ぶ。

死にたくないと叫ぶ。

積極的にどころじゃなく、攻撃的に時管を延命させようとするんだ。それが意識という時計を持った生物。それが俺たち。

武闘派の時様体。

なんじゃないかと思う。

歴史を変えるのが目的なんじゃない。変えたからなんだっていうんだ。時管が延命しなけりゃ歴史をどう改変しようが全部おじゃんだ。宇宙の存亡がかかってるんだぞ、俺は死にたくないんだ、松本城の下敷きになりたくないんだ、パラドックスなんてくそくらえ。

俺と同じ気持ちかどうかはさておき、千曲は力が抜けるほどすんなり「そだね」と言った。

「江戸にはあたしが行くから巾上君は加助さんたちを見ててあげて。うん、勝つよ、あたしは。完封するよ」

わかってないな。

こんこんと説教をかまそうと大きく息を吸ったとき、

「おやあ、二十六夜神さまじゃねえだかい。こないだは悪かったね」

へらへら笑いながら近づいてきたのは、川井八郎三郎だった。農民の窮状にも武士階級の生き馬の目を抜く出世競争にも興味がない男は、呑気に城下をぶらついていて、世間話をする相手を発見したのであった。

「ううん。あたしが悪かったんだ。タイミングが合わなくて」

「ははあ、さてはまた行けえなんだだな？　うまいことといかんもんだだね」

「だね。また迷子になって戻っちゃった」

「ほいでも二十六夜神さまだで、やれるだだよ。おれにはできねえ。まあ、行こうとも思わねえが」

「うーん。結局は川井さんの言うとおりっていうか。中萱村に戻るしかなくなっちゃうんだよねえ。お城で待ってたってしょうがないし」

なんだこいつら。いつの間にこんなに親しげに会話する間柄になったんだ。

どうやら千曲はこの世界にやって来てから俺と中萱村で会うまでの一ヶ月間、どこぞに出かけようとしては道に迷って松本に戻ってきていたらしい。いったい何をやってたんだ。悪い予感がする。

「千曲、おまえ、一ヶ月間、単独で江戸に行こうとしてたんじゃないだろうな」

「したけど？」

さらりと認めやがる。よかった、迷子になってくれて。

そんな千曲と俺を含め加助たちの思いなど、川井八郎三郎には他人事なのだった。

「あれかね、いちどきにたんと助けようってのがいけねえじゃねえかね。できるこたあ限られてるでね。ま、せいぜいひとりにひとりだわな」

なんてやつだ。「おい、それはないんじゃないか。おまえだって藩士のはしくれだろ？　農民の窮状を見てなんとも思わないのか？　藩が傾いてもそうやって他人事でいられるのか？」

ところが川井八郎三郎は俺の義憤に取りあわなかった。話し相手は二十六夜神さまだけと決めているらしい。

「こんだ渡せそうかい?」

「うん。でも、もし……」

「ほいたら、おれに任せましょ。また城に取りに来たらいいわ」

「ありがと! 次は絶対だよ」

「川井八郎三郎の名にかけて。二十六夜神さまのお願いとくりゃあやらねえわけにはいかんずら」

胸を張る川井八郎三郎に、千曲は小躍りした。

いい性格してるじゃないか、藩士がこんなだから余計に農民の不満が募《つの》るんだよ。ひとりの人間を助けるのがどんだけ大変かも知らないで。九万人を助けようとしている加助の爪の垢《あか》を煎じて毎食後に服用しろってんだ。

川井八郎三郎がまた今度と言って通りの向こうに消えていくのを見届けてから、俺は千曲をとっちめた。

「おまえ、三石三斗三升三合三勺の米の無心をあきらめてなかったのか」

千曲のことだから、三石三斗三升三合三勺の米をせしめて領内の農民に配給しようとでも考えていたんだろうが、家老が元気いっぱい悪知恵を働かせている限り無理な相談だ。

「あんなの、口約束だぞ。あいつの言うことに耳を貸すやつなんて、家中にはいないんだからな」

「川井さんはいい人だよ。巾上君を探してるって言ったら、親身になって話を聞いてくれたし」

ということは、俺と会えなかった一ヶ月のあいだに千曲は川井八郎三郎と親交を深めていたっていうことか。

「でも結局おまえは中萱村で俺を待つしかなかったんだろ。川井八郎三郎なんてろくなやつじゃない。無責任で馴れ馴れしい――」

「巾上君って、うちのばあちゃんみたい」

なんたること。

ウザいとか妬《や》いてるのとか言われたほうが、まだショックが小さいかもしれない。よりによってあの強情なばあちゃんそっくりと評価されるとは。

いや待て。考えようによっては家族同様に思っているというふうに捉えられなくもないぞ。千曲が俺といっしょに江戸に行きたがっているのは、買い物に出かける母親にくっついていきたがる子供の心理に近いのかも。だったらいよいよ説得は困難だ。

どうやって言い聞かせてくれようと腕を組んだそのとき、氷室《ひむろ》村の庄屋、半之助《はんのすけ》が険しい顔で角を曲がって現れた。

これから峠越えでもするのかというような重装備で、籠手《こて》に蓑に鉈まで携えてちょいと商用というわけではなさそう――などと思っていると、半之助に続き、路地から農民がぞくぞくと善光寺西街道に溢れ出てきた。半之助とおなじように唇を引き結び、おなじように鍬、鎌、竹槍を手にしている。

それだけじゃない。東西の小路からわらわら、わらわら、農民の数は膨れ上がりあれよあれよという間に街道を占拠した。彼らはみな同じ方向、大手橋に向かって進んでいく。その先にあるのは――大手門だ。

百姓一揆。強訴だ。

ざあっと血の気が引いた。

三日……いや五日早い！

なぜ、どうして、今日はまだ一〇月一一日。加助たちがアクションを起こすのは一四日のはず。三斗の減免を認める奉行の覚書に納得がいかず強訴をおこすのは一六日。のはず。

俺たちは道端で身動きすることもできず、半之助を先頭に農民たちが押し寄せるのを見ていた。

「年貢減免二斗五升！」

半之助が叫ぶ。あとに続く農民たちが吼える。「年貢減免二斗五升！」

そのシュプレヒコールは城下随一の目抜き通りに響き渡り、居並ぶ商家を揺るがした。小間物屋が、反物屋が、あわてて軒下に引っ込みおかみさんは子供を抱き寄せる。路上の町人は逃げ場を探し、のれんは音圧でたわんだ。それはまるで火口から湧き出る溶岩のようだった。重く、着実に、押し寄せ、たぎっている。その突端に触れたらきっと、熱い。

「は、巾上君……」

千曲がぎゅっと俺の袖を摑む。

「鈴木さま」

先頭の半之助が俺を見とがめて、静かに言った。

「危ねえでどいてましょ。なかにゃ鈴木さまのお顔を知らねえもんもいるかもしれんで、お侍とみりゃ何するかわかったもんじゃねえじ」

どん、と肩口を押され、小間物屋の戸口に背中があたる。

半之助の背後には笹部《ささべ》村の金兵衛《きんべえ》の、大妻《おおつま》村の作兵衛《さくべえ》の、梶海渡《かじかいと》村の惣左衛門《そうざえもん》の、岡田村の善《ぜん》七《しち》の顔が見える。安曇《あづみ》郡、筑摩《つかま》郡問わず、ほうぼうの村の庄屋たちがただならぬ形相の百姓たちを率いている。

「は、半之助……、これは……どうしてこんな……」

「我慢の限界だ。訴えが聞き届けられるまで一歩も引かねえ」

「訴え……」

どういうことだ。

加助は、善兵衛は。奉行所に訴状を持って行くんじゃなかったのか。減免三斗の約束をとりつけて、引くんじゃなかったのか。いったいいつの間に越訴を？

「奉行のところへは？　奉行の回答は？」

「本当なら水野の殿様に直訴するところだが、松本に帰ってくるのを待つなんてなるいこたあしてられねえ」

なんだって。

「奉行じゃ埒《らち》があかねえ。家老連判の覚書。おらほが望むのはそれっきりせ」

がつんと腹にショックがめり込んだ。

順番を飛び越しやがった。

加助たちは郡奉行への越訴をキャンセルして、いきなり家老をターゲットにしたのだ。

小間物屋の戸口に打ちつけられでもしたかのように身動きできない俺を一瞥《いちべつ》すると、半之助は顎を上げて厳しい目を善光寺西街道の奥へと向けた。その視線だけで漆黒の城を打ち倒してみせんとばかりに。

「減免二斗五升！」

手にした鉈を突き上げる。

「二斗五升！」

街道を埋め尽くす百姓たちの唱和が半之助の背中を押す。

行く手には松本城、我らの叫びで押し潰してみしょう。

引き倒してみしょう、五重六階の大天守を。

農民たちの決意は街道にたぎり、膨張してただひとつの出口に向かって噴出しようとしていた。

死への行進だ。

おりしも日没、空に残る夕日のおもかげを東山から忍び寄る夕闇が着実に侵食している。地上に渦巻く熱気を吸い上げていく。

「なにをしている！　徒党を組むはご法度《はっと》、散れ、散れ！」

いち早く騒ぎを聞きつけた藩士数人が半之助たちの前に立ちふさがった。見たところ同心のようだが十手を振り回してなどいない。だが半之助の手に鈍があるのを、そのほかの者が斧や竹槍をかまえるのを目の当たりにし、一歩、あとずさって懐の十手を——ではなくて腰に差した刃引を抜いた。

誰だ、このど阿呆を同心にしやがったのは。

たとえそれがなまくらであっても刀は刀、ぴんと張った農民のテンションの閾値《いきち》を超えさせるには充分だった。

「やめろ！」

俺の制止は宵闇に吸い込まれていった。農民の緊張はまたたく間に殺気へと変貌し、まず投石が、それから竹槍が鍬が鉈が愚かな同心に襲いかかった。数人の同心の姿はあっという間に継ぎはぎだらけの背中の群れのなかに消え、リンチの輪の外の農民たちは遅れてやってきた与力に狙いを定める。

同心や与力の悲鳴は聞こえなかった。殴打の音さえも湧きあがる雄叫びにかき消され、町人屋敷が打ち壊されて瓦が割れる音がその合間に響く。

「やめろ、やめてくれ！」

渦中に飛び込もうとする俺の背中を誰かがふん捕まえ、小間物屋の店先にぶち込んだ。背中をしたたか打ち、無様に転がる俺を助け起こす千曲の顔は蒼白だった。

病害虫にやられて腐って落ちた松の枝が頭の隅によぎる。やみくもに枝を食い荒らした松くい虫が、自らがしがみついている枝の命を早めるさまが。ほんの少しの振動で崩落しかねない世界を仕立てていくところが。

薄暮のなか、ぽっと南の空が燃えた。煙たい風が煤《すす》を運んでくる。

燃えている。

町人街のどまんなか、武家屋敷の飛び地のあるあたり。奉行たちの居住地で火事がおきている。

誰かが火を放ったのだ。泣きわめく声がどこからか聞こえる。ひっきりなしの叫び声と火が爆ぜる音が聞こえる。その赤々とした火柱は、百姓の脳内に放出されたアドレナリンに火を点けるのが目的であるかのようだ。

火の手は武家屋敷が建ち並ぶ北東で、三の丸をぐるりと取り囲む堀の外側で、次々とあがって宵闇を赤く染めた。

「巾上君……」

千曲の震える声で我に返った。

だめだ。

こんなことはだめだ。

こんなんじゃだめだ。これでは農民を救えない。加助たちが処刑されてしまう。五臓《ごぞう》を槍で突かれ、死の咆哮を放ってしまう。

この世界は崩壊に向かって加速している。

「行こう。みんなを止めなきゃ」

先にそう言ったのは千曲で、手を引いて走り出したのも千曲だ。

恥じ入る余裕なんてない。俺たちは農民を掻き分けて走った。怒れる農民たちが俺をふん捕まえてボコボコにしなかったのは千曲さまさまのおかげかもしれない。百姓とともに街道を駆け抜ける二十六夜神さまを警護する貧乏侍、とでも思われたんだとしたら大変不本意だが、かまうもんか。

農民の群れが大手門に押し寄せ、大手橋を埋め尽くし、それでも溢れ返る群衆が天然の総堀である女鳥羽川左岸を占拠している。赤々と燃える武家屋敷の断末魔と地響きかと思うような雄叫びが城下を圧迫して日没の空に反響し、内圧が世界を破裂させようとしていた。

大手門の手前、大手橋のたもとまで辿り着くと、そこに加助がいた。

脇に善兵衛を従え、仁王立ちで松本城を見上げている。

「加助──」

そこへ群衆を掻き分けて馬がやって来た。

おしゅん。

どきりと心臓が跳ね上がった。前回の世界で処刑リストを見たときと同じように。

馬上からおしゅんは加助に報告した。

「定刻どおり。抜け村なし。どの組も村を揃えてるじ」

おしゅんの言葉を耳にした百姓たちはおおお、と拳を突き上げる。

なんてことだ。あちこちの村に伝令してまわって、なおかつ一揆に合流し手勢を確認してきたというのか。おしゅんの優秀な連絡役ぶりを目の当たりにし、あらためて背筋が粟立つ。

父親である善兵衛からよくやった、とかなんとか声をかけられて誇らしげに胸を張るおしゅんの姿が胸に刺さる。たったの一六歳だ。連絡役なにそれウケるー、などと使命をほっぽり出して団子でもパクついてなきゃならない歳ごろじゃないか。なんでこんな場所で重要なノードをやってなきゃならないんだ。

やらせていいわけがないだろ。

俺の怒りは善兵衛に、それから加助に向かった。いい大人が何やってんだよ。おいコラ、説明してみろ。

「加助」

呼びかけると、加助はたいして驚いたふうでもなく小さく会釈した。

「どういうことだ。なぜ強訴に踏み切ったんだ。あれほど、あれほど忠告したのに」

加助には俺の怒れる心の炎が見えなかったらしい。もしくは故意に無視したか。

「鈴木さまのご忠告、しかとこの胸に届きましてございます。

奉行の減免三斗の覚書で百姓が引かぬのなら、家老から直接三斗の約束を得ればよいのです。そうすれば百姓たちも納得して引き下がるでしょう」

あんぐり口が開いた。

そうじゃない。

そういう意味で言ったんじゃない。強訴ともなればその首謀者のみならず家族や賛同者まで厳罰が下るぞ。そう脅したじゃないか。

俺の心中を先回りして、加助は付け加えた。

「からかさ連判状は灰になりました。各組各村の連判状も同様に。これで名と顔が知れているのは私と善兵衛だけです。

私も善兵衛も、もとよりいかなる刑罰も受け入れる覚悟。それが越訴であろうと強訴であろうと、覚悟の重さは変わりません」

そうじゃない。そうじゃないんだ、加助。

おまえの命が露と消えることだけを心配しているんじゃないんだ。

加助、それは無駄死にだ。

「だ……」

「だめだよ！」

必死の顔をした千曲に先を越された。

「加助さん、みんなを帰らせて。こんなのだめだよ。ぜんぶぜんぶ、台無しになっちゃうよ」

そのとき、加助に詰め寄る千曲の背後からぬうっと腕が伸び、その細っこい体は米俵よろしく担ぎ上げられた。

「なにすんの！」

手足をじたばたさせる千曲をものともせず、半之助はただ一言「すまねえだ」とつぶやき、人間ダンベルをやってみせた。ぐいっと持ち上げられた千曲の体は半之助の頭頂より高く、群衆の頭上に掲げられる。

「みんな、見えるか？　二十六夜神さまがおられる！　おらほには二十六夜神さまがついてるだ！」

ぎゃーっ、降ろして、そうじゃないの応援に来たんじゃないの味方だけどそうじゃないの。ぎゃんぎゃんわめく千曲の声はおおおおという歓声にかき消された。

「千曲！」俺は千曲を担ぐ半之助に掴みかかり、「なにやってんだ、よせ、嫌がってるじゃない」「かっ？」

背後から羽交い締めにされて地面に押さえつけられた。

「堪忍してくれ、鈴木さま」

肩越しに善兵衛が言った。

「こんなこたあしたかねえだが、すまねえだ」

おっさんひとり跳ねのけられない腰抜け武士を、楡村の若い連中は驚くべき手際のよさで縛り上げた。荒縄でぐるぐる巻きにされた俺は御柱そこのけに丁重に身を起こされ、深く頭を下げる加助を呆然と見上げた。

「なんだよ……これ……」

「申し訳ございません、鈴木さま」

顔を上げた加助が本心からそう言い、本心ではちっともそう思っていないことがありありとわかった。

「今日このときのため入念に準備してきたのです。領内総百姓が一丸となって事を進めてきたのです。邪魔立てがあってはなりません」

「これはなんだって言ってるんだよ！　千曲を――二十六夜神を祀り上げて、俺をふん縛って、やりたいのはフラストレーション……鬱憤の解消か？　違うだろ、おまえの目的は百姓の窮状をどうにかすることだろ？」

「もちろんでございます」

「家老が減免を認める保証がどこにあるんだ？　強訴のあげく全部失っちまったらどうするんだ？」

「そんときゃ直訴するまでだだよ」

加助に代わり、善兵衛が答えた。

「水野家の江戸屋敷に使わすしょぅはもぅ決まってるで。もしおれや加助が捕らえられても、そのしょうが悲願を叶えてくれるだ」

バカな。

そんなのってあるか。死ぬ覚悟を決めておきながら、強訴が失敗に終わったときのことを考えておくなんて。バカか？　バカだろ。

「忠直に直接訴状を渡すだなんて本末転倒だ！　直訴となりゃお家取りつぶしの対象だ。おまえたちは水野家をぶっ潰したいわけじゃないだろ！　幕閣が訴状の内容まで審理したりするもんか。訴えはただ無視されて忠直が泣きを見るだけだ！」

「それも道のひとつでしょう？」

と、加助は声を荒らげることなく言った。

「松本に新しい城主がつく。その城主が水野忠直より聡《さと》いかあるいは愚かか、その行く末をこの目で見ることがかなわぬのは残念ですが」

それきり加助は唇を引き結び、俺を見ようとしなかった。善兵衛だけが憐れむように頭を下げ、村の若い連中に合図した。

なんの合図か判明したのは尾骶骨《びていこつ》に衝撃が走ったあとだった。農作業で鍛え上げられた筋肉にひょいと担ぎ上げられて橋のたもとで放り出されたのだとわかったことよりも、女鳥羽川を覗き込んだときのほうがショックだった。

俺を女鳥羽川に沈めるつもりか？

なぜ？　刃向かう人間は武士であろうとこうなる、という見せしめ？

ぐるぐる、どす黒い想像がかけめぐったが、単に鈴木伊織というやっかいな存在の処遇に困って、橋の欄干《らんかん》にでもくくりつけておけということのようだった。

寒風吹きすさぶ橋の上に俺はそのまま放置され、騒動の中心地である大手門に向かってわめくほかどうすることもできなかった。

「おい！　縄をほどけ！　加助を呼べ！　話がある！」

俺のささやかなお願いはそりゃもう見事に無視された。誰もこちらに注意を払わず、迷惑そうに眉をしかめる手間もかけちゃくれない。

きな臭い風が運んでくる煤、農民たちの熱気と怒号《どごう》、藩士との小競り合いの叫喚、ふっと訪れる空恐ろしい静けさ。そんなものを浴びて橋の上で無様に身をよじるだけ。

ちくしょう、こうしているあいだにもきっと家老の書状を携えた使者の馬が江戸に向かっている。強訴鎮圧の策に忠直の許可を請う書状が。

焦りだけが固く締め上げられた荒縄の上をつるつる滑った。後ろ手に縛られ、手首を引きちぎらずに縄をほどくことはできそうもなかった。

ときおり加助と善兵衛がなにごとか言葉をかわす姿が見えた。千曲がぎゃあぎゃあ文句を言って、根気よくなだめられているのも。

さるぐつわをされなかっただけでも感謝すべきなのかも、などとは思えなかった。どんなにわめこうが暴れようが騒動のレベルには太刀《たち》打ちできない。俺をデモンストレーションに利用しない加助たちの温情がかえって歯ぎしりさせる。腰に下げた刀を没収されなかったのだってそうだ。ボウタイつき、非力な武士の魂。身じろぎするたびにがしゃがしゃ泣き言をいうそいつは、おのれの無力さを再認識させるのにおおいに役立った。

おまえはたいしたやつだよ、加助。

たいした破壊者だ。

強訴を止めようとする者を、俺を、松本城の崩壊を遅らせようとする者を、ピンポイントで排除するんだからな。

結果的に俺の裏をかいて強訴の決行を早め、松本藩に混乱をもたらした。爆発的に放出されたエネルギーの奔流はエントロピーの増大を加速させ、時栓の形成を促し、その時栓に松本城はひっかかって崩壊する。

時栓の形成を少しでも遅らせようとした俺の決意を冷笑するように、川面を渡る寒風が頬を撫でた。大手門を包囲している農民たちの熱気からも、俺は取り残されていた。

夜の寒気が降りてきて、橋の冷たさが体温を奪った。

雲ひとつない晴天だ。見たこともない天の川だ。放射冷却フル稼働、俺から気力までも奪おうとしてやがる。

舐めんな、こっちはいったん死んだ身だ。鈴木伊織は余禄だ。俺は二度ともうイヤだと言わないんだ。何度鈴木伊織になったってギブアップなんかしてやらないんだからな。おい、聞いてるのか。縄をほどけ。俺と二十六夜神とで家老に話をつけてやる。農民を解散させろ、冬ごもりの支度《したく》をさせろ、二一世紀まで連綿と続く血筋の突端を絶やすな。

というようなことを夜通しわめき続けた。もちろん礼儀正しくスルーされた。

千曲がこの身を自由にしてくれるということもない。大手門に密集している農民たちにまぎれてその姿がときおり見えることもあったが、それは半之助が高々と担ぎ上げて二十六夜神さまがついておるぞと群衆を奮起させる場面に限られていた。

やがて、朝日のひとすじが東山の突端から射し、長い夜が明けたことを告げた。それは二日目に突入する膠着《こうちゃく》状態を示してもいた。一睡もしなかったのは俺だけじゃなく、農民と城中もおなじだった。せめて千曲だけでも休息していてくれればいいのだけど、あいつのことだから夜通し元気いっぱい加助をなじっていたろう。

騒ぎの気配はゆうべよりはだいぶ薄れていたが、大手門と女鳥羽川の岸を占領している農民の数は減っていなかった。彼らはそこから動こうとせず、ことと次第によっては三の丸内に押し入ってやるぞと身構えている。身を切る寒さすら怖じ気づくような鬼気が充満している。誰もがイライラし、頑な心はより頑なに、悲愴な決意はより悲愴に。

「城はまだ動かん。知らせはまだか、門は開かねえか」

「根比べだ。今までの我慢を思やこんなんどうってことねえ」

「おらほにゃまだ八万からの代わりがいるで、長引かせるだけ城は苦しむ。食うもんがあるうちはいいが、せいぜいおらほが味わった地獄を味わうがいいだ」

深い憎悪はより深く。

お天道さまの慈悲深い熱が俺の尻があたっている橋にも届いたころ、憐れみの握り飯も届いた。

「鈴木さま。縄を縛り直すで、じっとしててり」

おしゅんといっしょにやって来た半之助がたいそう力強く押さえつけてくれたので、逃亡を図る余地などなかった。肘から先は自由になったけれど、加助と話す自由を求めて交渉する前におしゅんたちはさっさと騒動の中心地に引き返していってしまった。

握り飯には農民の窮状がぎゅっと詰め込まれていた。わずかな豆と黍《きび》、粟、それに麦。米なんか一粒も入っていない。年貢に取られずに残ったわずかな米は大事な現金収入源で、加助のような庄屋クラスだけが祝い事用に手元に残す。凍み餅にして祭りのおりにちびちびと食べる。そんな暮らしだ。カレーをどばどばかけて、すするようにかっこむなんて、夢のまた夢。

俺はその貧しい食べ物を噛みしめた。自分を維持するため、熱量を最大限に利用するため、ゆっくりゆっくり咀嚼《そしやく》した。無駄にわめき散らしてエネルギーを浪費したことを恥じた。なるべく陽光があたるように身をよじり、自家発電しなければならない熱の削減につとめた。

機を待つんだ。俺にできることを探すんだ。

時様体の役目が時管の代謝を支えることならば、俺にも役目があるはず。意色を持った時様体だけが持つ可能性があるはず。そう思ったときの決意をなんども反芻《はんすう》した。俺をマーカーにして正解だったな、とあのいけすかない蛾どもの鼻をあかしてやる日をイメージして、橋の上でじっと待った。日が高いうちに睡眠を取り、来たるべき二日目の夜にそなえる。

そうして迎えた夜、城からの回答を得られない農民たちの焦燥感がより深い怨念へとスライドしたころ、朝日が闇を割った。

松本城を取り囲んでの居座りは三日目に突入、俺が橋の欄干の一部に成り果てているのも三日目に突入。夜が明けても事態は少しも進展せず、後退せず、ただピリピリした空気が悲愴感をまといはじめ、加助は俺を解放しようとしない。

だけど俺は知っている。俺の見えないところで事態は着実に進んでいる。忠直の署名を得た駿馬がどこかの関所を通っている。年貢を三斗五升に引き上げることをしたためた覚書が、松本盆地に向かっている。

加助たちがもたらした混乱を無意味にする覚書が。それは、騒動はエネルギーの無駄使いだったと、ただただ疲弊しただけだと、そして今後は自分たちが生きていくのも困難になると農民たちに宣告するものだ。 加助を打ちのめし、 松本城を道連れにする叫びを放つ死の舞台へとひったてるものだ。

じりじりと何らかの兆しを待つだけの時間が過ぎ、 ひとことも言葉をかけてくれない農民が顔を覗き込んでは去っていき、 また忍耐の時間があてがわれた。 農民たちの疲労の色も濃くなっていった。 疲弊の上に積み重ねられた疲労だ。 天頂の太陽が傾くころにはひそひそ話さえも聞こえなくなった。 そしてまんじりともしない平衡状態の頭上に月が昇る。

細い月だ。 二十六夜だ。

朔《さく》へと向かう、 痩せた月。

多くの農民が夜空を見上げ、 自分たちを照らす二十六夜の月に手をあわせていた。 その化身の庇護を願って。

二十六夜神さまが守ってくださる。

そうだったらよかったのに。 千曲だってそうありたいだろうに。 きっと俺と同じくらい歯がゆい思いをしている。

というメランコった思考は、 突然降ってきたものに打ち破られた。

「巾上君の縄をほどいてくれないんなら、 あたしも縛られる!」

という声と同時にどすんと重みが落ちてきた。 しこたま後頭部を欄干にぶつけた俺の膝の上にのしかかっているのは、 千曲のケツ。

「おま――」

「ごめんごめん。あんまり強情なもんで。もームカつく。ぜんぜん話を聞いてくれないの。すまねえすまねえって頭下げられても困るってーの」

無茶苦茶だ。アホだ。いっしょに縛られてどうする。「なんでもいいから立て。そこをどけ」

「あれ？　結び目はどこ？　どうやってほどいたらいいの、これ」

「おいやめろ」

俺の横腹をまさぐって縄をほどこうとする千曲は寒風を上回る凶器だった。強引に縄を引っ張って腹を締め上げ、爪を立てて俺の肘にひっかき傷をこしらえる。

恐ろしい。怖いもの知らずの一七歳。「いいものあるじゃんね」と、千曲は刀の柄に手をかけた。

「そいつはだめだ」俺は必死で身をよじり、そこからはもうコントだ。攻防の末ゆるんだ縄から抜け出た体は、千曲を巻き添えにして橋の上に放り出された。

「えらいことだ、大丈夫だだ？　怪我せなんだか？」

二十六夜神さまを探しに来たおしゅんが駆けよってきて、千曲を助け起こす。着衣の汚れを払ってあげる厚遇ぶりだ。俺のことはほったらかし。強打した顔面を押さえてうずくまっているのに。ずいぶんな差じゃないか。

「どうして？」

制服の汚れを払うその手首を千曲はぐっと摑んだ。

「どうして？　おしゅんちゃん、逃げてって言ったに。松本城から遠くへ、楡村をはなれて、どこかに隠れてって言ったに。どうして言うことをきいてくれないの？」

「わかってるずら、二十六夜神さま。おれはみんなといっしょだ。じっと村のしょうといっしょだだよ。加助さんとおんなじせ」

「おしゅんちゃん！　みんなを助けてって言ったじゃん！」

千曲の一喝におしゅんの肩が縮んだのはほんの一瞬だった。

「すまねえだ、二十六夜神さま。だけどお願いだでみんなを見捨てなんどいて。おれもがんばるで、ね？」

千曲はわあっと泣き出しておしゅんに抱きついた。

「どうして？　おしゅんちゃん。蚕の育てかたを教えてあげたのに。桑の木の世話も、糸の取りかたも教えたのに」

おしゅんはただ、泣いて懇願する神さまに手を焼いて困り果てるだけだった。それを見守る農民たちはおしゅん以上に困惑して、俺をもう一度ふん縛ってやろうなどと思いつく余裕はなさそうだった。

加助に話をしなければ。そう思ったとき、誰もが動きを止めて、大手門に視線を集めた。大手門が開く。

いっさいの喧騒が止んだ。

俺の目の前に一瞬、あの光景がフラッシュバックした。路上に倒れ、自分の指を動かすこともままならず、ただ崩れ落ちる松本城を見ているしかなかったあのときが。恐ろしい轟音が。

恐怖に、まばたきを繰り返す。するとやっぱりそこに見えるのは居並ぶ農民たちと、その向こうにまだ屹立《きつりつ》している松本城天守閣で、聞こえるのは夜風の唸りだけだった。

それらは固唾《かたず》を飲んで次の一言を待っていた。

「年貢減免二斗五升！　家老の連判覚書だ！」

善兵衛の声が高らかに響き渡った。

おおおおお。

一万余人の歓声が二十六夜の空を突き上げた。

奸計だ！

農民たちは感涙にむせび、抱き合い、大笑し、農具と竹槍を置いてもろ手を振り上げた。喜びに沸く群衆の合間をぬって、大手門を背に立つ加助が見えた。

傍らの善兵衛とは対照的になお厳しいその顔を、夜明けを告げる陽が照らした。

それは空にうっすら張り付いた二十六夜の細い月の姿をかき消す光だった。

おりしも貞享三年一〇月一四日、ここではないべつの加助が越訴を決行したその日の太陽が。

11　貞享三年一〇月一八日

本来なら、この日は家老が減免二斗五升を認める覚書を出した日だ。

だが今は違う。聞き入れが覆されて関係者が捕縛されるのはいつかいつかと爪を噛む時間だ。四日前、減免二斗五升の聞き入れに喜び散り散りに村に帰っていく農民たちのどまんなかで顔色を失っている俺を省みる者はなかった。やっと手を差し伸べて俺を立たせたのは千曲で、ふらつく足取りで大手門をあとにするときも、中萱村への遠い道のりをとぼとぼ行くあいだも、ふたりともずっと無言だった。奈良井川《ならいがわ》、犀川を吹き抜ける風は冷たかった。川岸から見る穂高《ほだか》連峰、槍ヶ岳、常念岳《じょうねんだけ》は西方に至る道を遮る壁に見えた。浄土への旅路を阻む極寒がその山頂を覆っていた。太陽も月も容赦なく飲み込んでしまう終焉だ。

中萱村はどんちゃん騒ぎ――にはならなかったが、いつもと変わらない慎ましい生活の底にふつふつ湧く喜びと明るい展望とが、村人の表情を緩めさせた。年貢米を詰めるための俵作りでさえその手さばきは軽快だ。子供に手伝いを命じるかみさんたちの声から棘が抜けたのを聞くにつれ、胸が締めつけられる。

　俺と千曲は中萱村に滞在してじりじりじりした時をすごした。

　今日もおしゅんを伊勢町《いせまち》と本町《ほんまち》が交差する辻にある高札場に使いにやった。松本藩から領民のみなさまにお知らせが出てやしないか、水野忠直の決定を広報してやしないかと、毎日見に行かせている。

　みんなは取り越し苦労だと笑ったけれど、それでも訴状の内容が聞き入れられても首謀者の処罰は別問題だと知っていて、おしゅんがいつもどおりに帰ってくると一様にほっとした顔をする。

　昨日はなかった。今日はどうだ。

　そんな毎日。

　もしかしたらこの世界では年貢減免二斗五升が認められるのかもしれない。家老の決定が覆されることなく、藩政は緊縮体制を敷いてアクロバティックな節約術を編み出し、その維持を成し遂げるのかもしれない。加助たちの行動は義と理があるものとして不問に付され、あるいは大規模な強訴を阻止できなかった藩主の技量が幕閣で問題になり、こんこんと説教された忠直が心と藩人事を入れ替えるのかも。

　あさはかな夢想があっけなく砕かれたのは、おしゅんが手綱を握る馬が熊野神社に向かってくるのが見えたときだった。

　馬上のおしゅんが口を開くより前に、その表情からすべてが暗い穴の底に叩き落とされたのだと、誰の目にもあきらかだった。

「年貢は三斗五升に引き上げだ！」

村内に激震が走った。

悪い知らせほど俊足だ。その日の午後にならないうちに各組各村の庄屋が中萱村の熊野神社に集結し、加助を中心に悲痛な面持ちを突き合わせた。オブザーバーとしてその場に呼ばれた俺と千曲はうなだれて、彼らの言葉を聞いていることしかできなかった。

「どういうことだだ、家老の約束はなんだっただ」

「見せてみましょ、加助。家老の覚書を」

「ほれここに、当領の儀は籾五斗三升入れにて挽いて二斗五升これあるように納めるよう申しつくべきこととある」

「確かに二斗五升。じゃあ、高札場の法度は」

庄屋衆に詰め寄られるなか、加助が苦痛の面持ちで言った。

「松本侯水野忠直の布告だ」

しいん、絶句が場を支配し、塵《ちり》ひとつ動かせなかった。

善兵衛がおしゅんを会合の場から締め出していてよかった。村に帰ってきて馬から降りるなり半狂乱で泣きわめき、自分の頭がどうかしてるだ、誰かもう一度高札を確かめに行ってくれ、こんなのは嘘だと言ってくれと加助をぽかぽか叩いたのだ。どうして加助が叩かれなきゃならんのかその理由はおしゅんにもわからないだろうが、あらゆる苦痛を引き受ける人間がいるとしたらそれは加助だった。

「こんなことになってしまって、すまない」

庄屋たちはおしゅんほどガキではなかったので、額を床にこすりつける加助を責めるような言葉はない。だが加助を起こす余裕もないのも事実だった。

「水野忠直は家老の約束はゆえなきものと一蹴している。主である自分の判断を待たずに家老が専決したもので、先の布告の三斗五升が優先されると。そういう理屈だ」

かなりの努力をもって事務的な口調で説明する加助は、神社の小屋に集まる誰よりも痛々しかった。「すまない」もう一度頭を下げる加助から、思わず目を逸らした。

自分がやったことは無駄だった。

懸命になることには意味がなかった。

自分という存在は何ももたらさない。

がくんと傾く松本城を見せつけられたときの感情がせりあがってくる。必死で馬を走らせて、それなのにあと少しというところで力が及ばなかったときの気持ちが甦る。

二度と味わいたくないと思っていた共感だ。

いくら努力したって結果が出なけりゃ無意味だ。努力が評価されるのは中学生までだ。それ以上は受験だったり営業成績だったり借金返済実績だったり、結果がすべてだ。そんなこと、のほほんと大学生をやっていたときでさえ知ってた。知ってはいたけど、わかってはいなかった。

結果というのは生き延びたという実績だ。生き延びようという姿勢が結果に結びついてはじめて、俺たちは明日を迎えられる。明日をもたらさないものは、それがどんなに得難いものだろうが感動的だろうが、そう感じる情操さえも虚無に還してしまう。

シビアで、冷酷で、非人間的でさえあるけれど、懸命に走り続けてもセリヌンティウスの処刑に間に合わないメロスは無価値だと言わざるを得ない。セリヌンティウスは死んでしまうし、メロスだって生きてはいけないだろう。あの物語が素晴らしいのはふたりそろって生を獲得したからだ。毒薬をあおって死んだロミオはバカだ。

俺たちはバカだ。だから蛾に意色なんか役立たずだと言われるんだ。自分たちを生き延びさせることもできない大バカ者だ。

「聞き入れが反故にされたってこたあ……」

長い沈黙を破って口を開いたのは大妻村の作兵衛か。善兵衛の義理の弟。あの頑固者の妹を嫁にもらうとはたいした度胸だと評判の男だ。

「おれたちはどうなる。強訴のうえ訴えに理がないとなりゃ、庄屋衆だってただじゃすまされないじ」

んなこたみんなわかってるんだよ。だからこうして血の気を失ってるんじゃねえか、口に出して腰抜けよばわりされないように押し黙ってるんじゃねえか。とは、誰も言わなかった。

「心配ない。罪に問われるのは私と善兵衛だけだろう。からかさ連判状は焼いたし、表立ってはたらいた者を示す証拠はない。誰かが口を割らない限り」

「ここにいる者を疑ってるじゃねえだ。おれたちがはたらきかけたほかの庄屋衆や、村のもん、じゃなんだら部外者が口を滑らせねえとも限らんで」

ざ、と一同の目がいっせいに俺に向いた。

「お、おい……」

なんだよ、その目は。懐疑のまなざしを向けるのはやめろ。

「俺が告げ口するわけないだろ。だいいち、チクったところでなんの得もないじゃないか」

「そりゃわからねえじ。家中で評判になるかもしれねえじゃねえか。さすが鈴木伊織さま、日々ぶらぶらと領内をほっつき歩いていただけのこたあるってな」

なんだとお。この田舎もんが。

城中の政治ってのはそんなに単純じゃねえんだよ。家柄やら収賄能力やら、単なる名声で出世できるような生易しい場所じゃないんだ。家老たちが結託してあいつはチームワークを乱すと言えば、いくら忠直といえどもコネ人事を諦めざるを得ないようなパワーゲームのリングだ。

「そう思うんならさっさと俺を叩き出しゃいいだろ！」

「んなことするかい。また縄でふん縛って、こんだ桶に入れて桶さら穴の底せ」

「なんだってえ。できるもんならやってみろ。その前に俺の腰に下がってるのがなんなのかじっくり見るんだな」

「そりゃ無礼討《ぶれいう》ちかい？　ここにゃおめさまの正当を証言する者はいねえじ。そしたらおめさまは切腹、悪くすりゃ斬首だ。どっちにしたって墓石の下せ」

「よせ、作兵衛」

間に入ったのは加助だった。

「鈴木さまがずっとみなを心配して助言してくださっていたのは知っているだろう。こうしてこの場にとどまっているのが何よりもの証拠。そうでないのならとっくに姿をくらましているだろうに」そして俺に頭を下げ、「申し訳ございません、鈴木さま。この作兵衛のご無礼、どうか許してやってください。みなの身を案じるあまりの行き過ぎでございますゆえ」

「そだよ、作兵衛さんの心中を察してやんなよ」

それまで傍観していやがった千曲がはじめて口を開いた言葉が、これ。脱力なんてもんじゃない。わかったわかった、わかったよ。処刑の対象になるんじゃないかとびくびくしてるのは作兵衛で、俺じゃないってことだ。

しかも、その不安は当たっている。

俺は唇を噛みしめた。当たってるんだよ。磔獄門、二八名。そのなかにはおまえの名前がある。まともに作兵衛の顔を見ることもできない。

「ともかくみなの名が出ることのないよう万全は期《き》した。私と善兵衛は死罪をもとより覚悟のうえ。とはいえ減免を勝ち取らずしてただ死ぬとは残念至極。みなには詫びる言葉もない」

深々と頭を垂れる加助を前に、さすがの作兵衛も押し黙る。だが、俺には言わなければならないことがあった。言わずにすめばいいと願っていたけれど、三斗五升が決定的となった今、それは確定したのだ。

「……そうじゃない」

やっとのことで言った。

「そうじゃないんだ、加助。みんな、ごめんな。言い出せなかった俺を許してくれ。名前が上がっているのは加助と善兵衛だけじゃない。

捕縛の対象になっているのは全村八〇名、庄屋衆とその子弟。そのうち処刑されるのは……」

やめて、と千曲が目で訴え、言った。「まだ決まったわけじゃないじゃん。逃げ道があるかもしれない。回避する方法がどこかに」

いいや、ないんだ。俺は首を横に振った。

加助、善兵衛、それからほかの者が固唾を呑んで俺を凝視している。藩士という情報源を。言ってください、と加助が無言で促した。みな、覚悟を決めております。包み隠さず教えてください、と。それに同調するように一同がまばたきした。

「そのうち処刑されるのは六組一〇村二八名。

執田光村与兵衛、その子籐兵衛。岡田町村善七、その子堪太郎。浅間村善七。梶海渡《かじかいと》村惣左衛門、その子三之丞。堀米村弥三郎。堀米村吉兵衛、その子権太郎、与作。笹部村金兵衛。氷室村半之助、その子彦、権之助、弟左五兵衛。大妻村作兵衛、その子兼松。楡村松右衛門、その子長之助。楡村治兵衛。中萱村加助、その子伝八、三蔵、弟彦之丞。楡村善兵衛、その子惣助、それにおしゅん」

息継ぎなし。途中でインターバルを入れたら挫けてしまいそうだった。だから一気に言った。

その場にいる全員が凝固した。小屋に集まった者全員の名前が、含まれていた。

一〇秒、二〇秒、凍てついた時間が過ぎ、誰もが呼吸を忘れた時間が過ぎ、あたかも時管そのものが息の根を止めたかに思えたとき、善兵衛がうおおお、と唸り声を発した。

「なんでだ？　なんでおしゅんが？　おしゅんはおなごじゃねえだか。これはどういうわけだ？　なんでおしゅんの名前が入っているだ？　あの子はまだ一六じゃねえだか！」

それから床にひれ伏して号泣した。その波打つ背中は豪気《ごうき》で名の知れる庄屋のものではなく、娘を溺愛する父親のものだった。

「……善兵衛さん、」

震える肩に触れようとした千曲の手が払いのけられる。善兵衛はがばっと起き上がり、千曲を払ったその手で千曲の首を絞め上げた。

「善兵衛！」

「なにしてるだ！　やめろ！」

「よさないか！」

我に返った俺と加助たちが千曲から善兵衛を引きはがそうとするが、鬼に取り憑かれたとしか思えない善兵衛の気迫と腕力にぶっ飛ばされる。ぶっ飛ばされたのは俺だ。小屋の隅までごろごろ転がる俺以外の者がよってたかって善兵衛を押さえつけ、千曲から遠ざける。けほんけほんとむせる千曲をなおも善兵衛は睨みつけ、吼えた。

「なんでおしゅんが死ななきゃなんねえだ？　教えてくれねえか、二十六夜神さま！　なんで二十六夜神さまがついていていながらこんなことになっただ？　なんで減免が通らなんんだだ？　なんでおらほをこんな目に合わせるだ！

二十六夜神さまはなにも助けてくれやしねえ！　そんな神さまなんかいらねえ！」

「ご……」千曲の顔は蒼白だ。その皮膚の下に血管が一本も走っていないかのよう。「ごめんなさい。あたし……あたしは……。……ごめんなさい」

千曲の謝罪はそのまま俺の謝罪でもあった。

神さまじゃなくてごめんなさい。全部知っていたのに止められなくてごめんなさい。時管の代謝に関係しない無力な存在でごめんなさい。

「せめておしゅんを助けてくれねえか、二十六夜神さま！　おしゅんの身代わりになることくらいできるら？　そんくらいしてくれてもいいじゃねえだか！」

「善兵衛！」

雷鳴のごとき一喝が落ちた。

加助だ。怒りのあまり震えている。あのいつでも冷静沈着な加助が。

「言っていいことと悪いことがある。人の道に外れるようなことを口にして自分の名に泥を塗ってはならない。私たちがやったことを地に落としてはいけない。頼む、気を鎮《しず》めてくれ」

その一言で善兵衛は泣き崩れ、あとには通夜の空気が残った。死者存命中の通夜だ。もう誰も口を開こうとしない。口をきけるものがいるとすれば、それは加助だった。

「……こうなれば直訴しかない。たとえその場で首を刎《は》ねられようとも江戸屋敷の忠直の手に訴状を握らせてみせよう。どうせ失うこの命、水野家取りつぶしとひきかえだ」

すっくと立った加助を見上げる一同の胸に、その言葉が落ちるまでしばらくかかった。計画と違う。加助の意思を継いだ者が江戸に走るのではなかったか。自分たち同様に打ち首を覚悟して名乗りを上げた若者がいるではないか。

口々にそう言い出すより先に、

「これ以上の犠牲を出すにはしのびない。水野家に替わって入封する大名が執り行う藩政を見届ける者が必要だ。その役目を負う者は義憤に立ち上がるだけの度量を持っていなければならない」加助はみなを睨《ね》めつけ、「今すぐ発つ。みなは善兵衛の指示、鈴木さまの助言に従って村の者を怖がらせないようにつとめなさい」

「俺が行く」

そう言ったのは、俺。自分でもびっくりした。

「俺が行く。俺ならば江戸屋敷にすんなり入れる。忠直のところまで一直線だ。心配すんな、忠直の回答を持って二日後、遅くても四日後には帰ってくる。必ず、決定を覆させてみせる」

「鈴木さま……」

「だめ！　だめだよ、巾上君。あたしが行くって言ったじゃん！」

なんだその不安げな目は。

疑ってやがるな。だけど俺には実績があるんだ。前に忠直に直談判して、仕置きの取りやめを承諾させたことがあるんだぞ。

「強訴の関係者を捕まえろという命令がくだるのはまだまだ先のはず。それより早く動けばいいだけのことだ。信じてくれなくてもいい、四日だけ俺に時間をくれ」

勝算がなけりゃこんなことは言えない。もし前回どおりなら加助たちが捕縛されるのは一一月二〇日。それより五日早いとしたってまだ一ヶ月ある。充分すぎる。

「だめだったら！　ダンコとしてあたしが行く！　ていうか連れてけ」

せっかくカッコよく決まった決意表明に異議を唱えたのは千曲だけだった。さすがは加助とその側近たち、察しがよくて手配が早い。ダメでもともと、でもやってみないよりマシ、もし不発に終わったら当初の予定を決行すればいいだけのこと。鈴木伊織という軟弱侍に期待したわけではなさそうなのが引っかかるが、まあいい、あれよあれよという間に村で一番の馬が用意され、なんとマジもんの小豆入り玄米飯を持たされた。感動のあまり涙が出そうだ。

「鈴木さま」

んじゃあひとっ走り行ってくらあ、と馬の腹を蹴ろうとした俺に声をかけてきたのは、口元を震わせた善兵衛だった。

「すまねえだ。ご無礼の数々、お許しください」

「気にすんな。おしゅんのそばにいてやれ」

そして走り出す。加助が熊野神社の鳥居の下でぺこりと頭を下げる。言葉はもう必要なかった。

いいシーンだ。それをぶち壊しにしてくれたのは、やっぱり千曲だった。

ぷすぞう巾着袋をぶんぶん振り回してどたどた追いかけてきて、なおも「巾上君！　待って待って！　待ってってったら！　わーすーれーもーのー！」とやまびこを呼ぶほどの大声でわめきやがった。

もちろん俺は千曲という忘れ物を取りに戻ったりせずに、馬に早足を命じて制服姿の神さまを背後の村に置き去りにし、江戸に至る峠を見据える。

12　貞享三年一〇月一九日

ちょこざいなだぜ。

一度は通った道だ。逆順だけどな。

前回より一ヶ月も早い。雪が降ってもいなけりゃ曇天でもない。そりゃ馬上で受ける風は冷たいけれど、旧暦一〇月の下旬、新暦だと一二月のあたま、冬本番ってほどじゃない。

あんなに俺を苦しめた悪魔の塩嶺峠をすんなり越して、まだ全面結氷には至っていない諏訪湖を見下ろす。湖岸近くに未練がましく漁をしている四ッ手網《よつであみ》が見える。小春日和の午後の陽光を浴びて湖面がキラキラ光っている。お諏訪さまが氷の上をどすどす歩いたあとだという御神渡り《おみわたり》が見られるのはずいぶん先だろう。

そうだよ。前回とは違うんだ。

甲州街道の終点、諏訪大社下社秋宮を通りしな、心のなかでうちの二十六夜神と懇意にしてやってください、あいつが非力なぶんをカバーしてやってください、そう、お願いした。

自分のことはお願いしなかった。俺が俺に与えたミッションに関しては、いかなる神さまの力も借りずに成し遂げる部類のものだ。

馬が疲れてきたら休ませ、草を食ませる。自分の腰も伸ばす。無理をして倒れる必要はどこにもない。確実に成し遂げること、それが絶対条件なのだから。

甲府に入ったのは松本を発ったのが遅い時間だったこともあってその日の午後遅く。目の前にででんと鎮座まします富士山を見ると、条件反射的に心のカメラのシャッターを切ってしまう。前回は富士山に感動する余裕なんてなかった。それどころか眼中に入ってさえいなかったかもしれない。夕日を浴びて胸を張る霊峰のたたずまいは二一世紀での姿とびっくりするほど変わらなくて、もし機会があったら北斎の三十六景とも比べてみたいなと思ったが、彼が生まれるのは一〇〇年も向こうだ。くそ、富士山め、しみったれた気分にさせやがって。

真夜中に笹子峠越えを敢行して山賊の餌食になりたくない俺としては、ここらで一泊しておきたい。それでもギリギリまで粘って駒飼《こまかい》で宿をとった。

発熱することなく目覚めた朝、俺も馬も元気いっぱい腹いっぱいで今日中の江戸入りを目指して出発した。なに、そんなに無茶なスケジュールじゃない。往来が多くて治安もそれなり、比較的なだらかな街道を順調に進み、やったあ、神奈川県だ、正午になる前に関野宿《せきのしゆく》に着いた。小仏峠を越えたらそこはもう東京都、華のお江戸は目と鼻の先だ。

順調だ。でも気を抜いちゃだめだ。そう自戒した矢先、街道に張り出した竹にピシッと顔面を打ち据えられ、もう少しで落馬するところだった。関所をすぎてすぐ、眼下に広がる関東平野に見とれていたときのことだ。葉先が鼻の頭から額にかけて長い切り傷を作ってくれて顎まで血が垂れる。でも大丈夫。こんなこともあろうかと、俺には安曇野のヨモギがある。もぐもぐ噛んで傷口に貼り付けて、さあ出発だ。

痛み？

ああ、痛いとも。痛かったとも。

眼球を切り裂かれたのがとくに。

角膜の上っ面が傷ついた程度だろうとは思うけれど、瞼を開け閉めできないくらい痛い。ヨモギを貼り付けるわけにもいかないのがイタい。

でも大丈夫。俺は今手綱を握り続けている。日野を過ぎ、府中を過ぎ、もう下高井戸だ。内藤新宿を過ぎ、日本橋は目の前だ。最大の難関はこの先にある。

松本藩江戸屋敷。その門前に立ち、前回の旅引き延ばし選手権優秀賞の保持者をどう攻略するかが最大のポイントだと考える。あのときは一〇日間も待ちぼうけをくわされた。どうしてくれよう。

考えたってしょうがない。門番に身分を告げて屋敷内へ。入るなり、そこにいやがった。

「鈴木さま」

エラソーに会釈もせずに、小林有也が。

水野忠直お気に入りの侍医にして、明治時代の松本中学校校長。校長時代は頭髪も心もとない中年だったが、目の前の有也はお肌もぴっちぴちの働き盛りだ。

「……あんたは……」

誰なんだ。あんたもマーカーなのか。本名はなんという。

「こちらへ」

暗黙の了解がすでに成立しているとでもいうように、小林有也は俺に何かを言わせる隙も与えず屋敷の奥へといざなった。そこここで武士たちが俺を見てぎょっとしているが、話しかけてこようともしない。

「ひどい顔ですな」有也は言った。「化膿しなければいいのですが」

だったら塗り薬のひとつでもくれたらいいのに、診察しようとする気配すら出し惜しみしやがって。柔和なのは顔ばかりだ。

とか思ってごめんなさい。

小林有也が案内した先で待っていたのは、水野忠直その人だった。かったるそうに脇息《きょうそく》にもたれかかる松本藩主でござるぞ。

「本当に来おるとはの、有也」

「賭けは私の勝ちでございます、殿」

平伏するのをうっかり忘れそうになる。賭けって、俺が江戸に来ることをか。八百長《やおちょう》じゃないか。なんて腹黒いやつなんだ小林有也。

うまうまと牡蠣《かき》五杯をせしめた有也は満足気に、忠直は賭けに負けたというのに珍しい見せ物を期待する目で俺を見た。

「どうした？　鈴木。何か言いたいことがあってはるばる来たのだろう？」

そうだとも。ここから先は予習済みだ。

「一一日の騒動のことです。処刑される予定の百姓たちの名を聞き及んでいますか？　六組一〇村二八名の名前を？」

忠直は驚いたようだった。

「六組一〇村二八名だと知っているのか。鈴木伊織、おのれは思ったとおりの早耳だな。これは、これから聞かせてくれる話に期待できようというもの」

驚いたのはこっちだ。

すでに忠直の手元には処刑リストがある。強訴がおきてから九日たらず、家中はすでに中心人物の名前を割り出したというのか。

そんなことって。

俺を震撼させたのは、熊野神社の小屋に集まった人間かそれに近しいところに裏切り者がいる可能性ではなかった。ましてや二一世紀の長野県警に見習わせたい江戸時代の諜報能力でもない。

この世界は、前の世界よりも進行が早い。

松本城が崩壊するまでのスピードが、時管が壊死するまでの速度が、速い。

そうなんじゃないかと思っていたことが、確実になりつつあることだった。

「見せてもらえますか。家老が……隠していることがあるかもしれません」

へえ？　家老が？　そりゃもう面白がって忠直は書状を一枚、ひらりとこちらに放った。

ああ、ある。やっぱりおしゅんの名前が記載されている。

知ってはいたけれど、膝頭ががくがく震えた。

そして泣いていいのやら安堵していいのやら、小屋に集まった庄屋衆の名前も全員あった。加助を先頭に、みんなの顔が浮かんでは消える。

この俊というのは女の子です。まだ一六歳の少女です。これはいけません。女の子を強訴の罪で獄門に処したとあれば異例も異例、家名が傷つきます。赤っ恥かきます。

俺の説明も忠直の驚愕も前回をなぞって展開する。家老は誰もが一目置く策略家で、二十六夜神奉納の儀を書面上は執り行ったことにしたのも家老だと、小林有也がホメるところまでいっしょ。二十六夜神が降臨したそうですね、と言うところも。

前回と違うのは、忠直の反応だった。

「その話は聞き及んでおる」

元和四年の降臨から六九年ぶり、二回目。甲子園の話だったら、どえらい快挙と地元が大騒ぎになるところだ。しかし忠直は眉唾物《まゆつばもの》と最初から決めてかかっていた。

「騒動のさなかに百姓どもの頭上に舞い降りたと。ふん、この多田加助とやらが村の娘を使って百姓どもを扇動したというところだろう」

これはいただけない。

話のターニングポイントを切り出すのは、どうやら俺が自力でやるしかないらしい。

「農民の娘とは明らかに違ったようです。貧しい身なりではなく、見るも珍しい服を着ていました。大勢の農民が見ています」

　それでもなお忠直は鼻を鳴らした。頭のカタイくそったれめ。

「実は、騒動の前に二十六夜神さまは降臨しているんです。それも城内ではなく、中萱村に」

なんだってー。というリアクションを期待していたわけではないけれど、アラ、程度の反応しか見せない忠直にはがっかりだ。

「中萱村？　騒動を率いたという元庄屋の村に？　二十六夜神さまはさぞかし変わり者とみえる」

「変わり者です。毎月二六日の奉納をすっぽかした松本城を見捨てて百姓を庇護するかと思いきや、こう言いました。

　おまえたち農民が年貢減免を勝ち取るならば、城の安泰を約束してバランス――釣り合いをとろう。

　減免の訴えが聞き入れられずにおまえたち農民が飢えて倒れるようであれば、城を引き倒して釣り合いをとろう」

「ほお、二十六夜神が？　まことか？」

　まあ、嘘だ。うちのとぼけた神さまはそんなこと言わない。ヒントをくれたのは中萱村の子供たちで、俺はアレンジしただけだ。

　これは意訳だ。別の神さま、人知を超えた存在、蛾が言っていたことの、俺なりの解釈。

　時管を延命させる――エントロピーの過剰な増大を食い止める。時様体がエネルギー効率を高めて、自身を含む環境の荒廃に抗う。

ありていに言えば、農民が疲弊して労働力が減衰すれば城も維持できなくなるっていう、当たり前の話だ。そんなこと、忠直にだってわかる。

「農民に飢え死にされたら、月ごとの米三石三斗三升三合三勺を用意させるどころではなくなるからな。それにしても奇妙なことを言ったものだ。百姓に加勢するのではなく釣り合いを取ろうなどとは。どのような意図だろうな」

ようやく、忠直の表情に興味の片鱗《へんりん》を引き出せた。そのはじっこを引っ張ってぐいっとたぐり寄せなければ。

「わかりません。ただ面白がっているだけかも。神さまが人々を試そうとするのは別に今にはじまったことじゃないでしょ」

ただ、こう言ったんです。ひとつ賭けをしよう、鈴木伊織。って」

今度は手応えがあった。忠直は身を乗り出して、

「なに？　二十六夜神に会ったというのか？」

今度は嘘じゃない。「ここに証拠があります。二十六夜神さまから貰ったものです」と、脇差の鍔に通していたボウタイを引き抜き、忠直のもとに差し出す。

まあ、そう言うだろうな、という反応が得られた。なんと、どういった反物だ、とかなんとか。おしゅんが千曲の巾着を揉みしだいたときと同じだ。正体不明の素材、精巧きわまりない織物、謎めいた紋章。これがこの世のものでなくてなんとする。

食い入るようにボウタイを検分する忠直にたたみかける。

「二十六夜神さまは賭けを持ちかけてきました。農民がひとり倒れたら松本城をひと引き、ふたり倒れたらふた引き。そうやっていって何人目で城が倒壊すると思うか？　言い当ててみせろと言うんです」

「おのれに？　なぜ二十六夜神はおのれと賭けをしようなどと？　何を賭けようというのだ？」

「わかりません。からかわれただけかも。何を賭けるってこともないです。当たるまで何度も何度もやり直しさせるっていうんですから。傾いた城を引き起こして、死んだ農民を地獄から呼びつけて、甦った多田加助にいくどでも強訴を起こさせる。俺――私はそのたびに立ち会って、賭けにつきあわされるんです」

それを聞いた忠直は一瞬、ぽかんとし、ぷっと吹き出した。

「それは……二十六夜神も小狡いことを考えたものだな。それではしまいには城が落ちてしまうではないか。そうであろう？　城が倒れるまで賭けをすることになるのだからな。

これは面白い。二十六夜神、家老に劣らぬぺてん師」

忠直は相好《そうごう》緩めっぱなしだ。おかしくてたまらないらしい。いまいましい。

「して、鈴木伊織。おのれはなんと答えたのだ。百姓ども何人の命と城が同じ重さだと？」

「城は倒れないと答えました。

松本城は倒れない。年貢の引き上げに端を発して死ぬ者はいない。そう答えました」

呵呵大笑。

忠直はげらげら笑い、脇腹が攣《つ》るんじゃないかとハラハラするほどだ。事実、小林有也が差し出した薬湯を飲み下すまでツボに入りっ放しだった。

「これはいい。今日ほどおのれを飼っていてよかったと思ったことはないぞ、鈴木伊織。かくも愉快な話を聞けるとは思いもよらなんだ」

おそれいります。

「鈴木さまの信頼のほど、荷が重うございますな、殿」と小林有也。

忠直は薬湯で潤した唇を拭い、目を細めた。

「だが百姓どもの要求をそのまま聞き入れることはできん。わかっておるであろうが、年貢減免二斗五升をのめばやはり城は傾く」

「しかし現状の三斗でも餓死者が出るありさまです」

「二斗五升はならん。譲歩して三斗。それ以下は認められん」

「ですが」

「くどい。三斗だ」

ぐっと奥歯を噛んで、自分を押し止める。これ以上食い下がってヘソを曲げられたら元も子もない。

「でしたら騒動の首謀者を処刑するのは不相応かと。農民の要求がまったく理にかなわないわけではないとするのなら、死罪はやりすぎです。家名も傷つきましょうし、農民の不信は残って——

—」

「鈴木」

ぴしゃり、と忠直は俺のセリフを中断した。

「おのれは進言する立場にない。が、またとない愉快な話に免じて今日に限り大目にみてやろう。して、おのれは何を求めておる？　年貢減免か、仕置きの取りやめか。はるばる江戸までどちらを進言しに来たのだ」

はっと息をのんだ。

どちらを？

俺は……俺は何を言いに来た？

前回は処刑の中止を取りつけた。残念ながら刑場に辿り着けなかったけれど、今回は間に合うはず。忠直が処刑の中止に同意することはわかっている。

だけど今回はさらに年貢減免を勝ち取ろうというのか、俺は。

そうだ、勝ち取るんだ。やれることはみんなやるんだ。

「……どちらもです」くそったれ。ここまで来て日和《ひよ》ってられっか。「城の安泰、藩の泰平を思えば……」

「ならんな。どちらものんだとなれば百姓どもをつけ上がらせるだけ。

年貢減免は認めるが騒動の責はとらせる。今後容易に騒動を起こさせないため。あるいは、騒動を不問に付すかわりに年貢は引き上げる。騒動を起こすは無益と思わせるため。

長きにわたり領分を維持していくためには力を見せつけることも必要なのだ。わかっておろう、鈴木」

知ってるとも。権力と権威、それが葬られたあかつきにあるのは渾沌《こんとん》だ。みみっちいパワーゲームのすえ、セコい殺し合いだ。圧倒的でシステマチックな冷戦構造が崩れたあとの世界情勢を見よ。小国の小競り合い、民族紛争、内紛、テロ。制御と抑圧の鍔迫《つばぜ》り合い、人類の歴史はその落としどころを探る歴史でもあった。二一世紀人なめんな。んなこた、一七世紀人に言われるまでもない。

知ってるさ。だけど、徳川家が構築したシステムの耐震性を骨の髄《ずい》でわかっているのは忠直だった。

「二十六夜神の戯れ言、まこと的を射ている。百姓が飢え死ぬごとに城を傾かせるは、すなわち見てわからせること。家中を御《ぎょ》そうとするならばそのような力の誇示が要《い》る。領分を御するもまた同じ。

さて鈴木伊織、どうする。年貢引き上げの取りやめか、仕置きの取りやめか。おのれに選ばせてやろうぞ」

そうして忠直は俺を見据えた。

逃げ道を塞ぐ目だ。逸らすことができない。

俺は何を言いに来た？

鈴木伊織は忠直に何を認めさせようとしている？

松本藩七万石領民九万余人の明日。疲弊した農民と荒廃した領地、自己の維持にやっきになって固く絞った雑巾をさらに締め上げざるを得ない藩。そんな明日を阻止するのか。

そうしておしゅんを犠牲にする。加助を、善兵衛を人柱に立てる。

やめろ。巾上岳雪は叫ぶ。そんなことはできない。今俺が処刑の中止を求めれば、確実に救える命がある。わかっていて二八人を見捨てるつもりか？　自分ではない誰かを人身御供《ひとみごくう》にする権利があるのか？

なにさまだ、おまえは。

ただのマーカーのくせに彼らを手札に使うってのか。見上げた傲慢だ。

「どうした、鈴木。おのれの言葉そのままに覚書を書いてやろうというのだぞ」

なにもかも見透かしたような忠直の目に射貫かれて、身動きすらできない。蛾の複眼にも似た、鼻持ちならない俯瞰者の目。

そして俺は、片方の視野を遮る痛みを感じている。傷ついた角膜が涙を流している。今見ている世界は誰のものだと問うている。

加助……。

この世界は加助たちのものだ。マーカーのものじゃない。

加助はなんと言っていた。加助の願いは。

忘れたのか。

加助の叫びを。

「……年貢減免三斗」

やっと、俺は言った。

「芒踏みなし三斗。これを認めてください」

すまない。

おしゅん、許してくれ。

善兵衛、加助。ほかのみんな。

みんなを見殺しにする俺を許してくれ。

いいや許さなくてもいい。

すまない。ほかに言うべき言葉はない。

忠直は満足気にうなずき、硯箱《すずりばこ》を引き寄せてさらさらっと書きつけた。印を押し、たしかに藩主水野忠直のものである書状をこちらに放る。それを受け取り懐にしまう俺の手が震えているのさえ、忠直はまたとない見せ物のように眺めていた。

「それを松本に届けるがいい。ただ、百姓どもを喜ばせたいのなら早くしたほうがいいぞ。仕置きは明日の夕刻。磔、獄門に処される百姓どもに冥土の土産と見せてやれ」

耳を疑った。

明日？

そんなばかな。

一ヶ月以上も早い！　処刑は一一月二二日ではなかったのか。

唇の片側だけを吊り上げてにやりと笑う忠直の姿が、俺の鼓動にあわせてどくんどくんと脈打った。それは一分間に六〇回をはるかに超え、手持ちの時間を駆け足で消費しているかのようだった。

「鈴木さま、お発ちになる前に」

よろよろ退室する俺を小林有也が引き止めた。

「ヨモギを持ってきていただけましたか？」

こんなときにまで。

江戸時代にのうのうと忠直の寵愛を受け、明治時代にしれっと中学校校長の地位を得て安穏と暮らす男。

立ち位置に恵まれたマーカーを、傷ついていないほうの目で睨みつけてやる。

「来る途中で使っちまったよ。残念だったな」

「ならばよいのです」あっさりと有也は引き下がった。「では目のほうの傷を診てあげましょう。ちょうど牡蠣をせしめたばかりですし」

それがどうした。ココロの余裕があるから情けをかけると言わんばかり。

ふつふつと沸く怒りをどうにかねじ伏せる俺に、小林有也は言った。

「牡蠣には亜鉛が含まれています。目薬の成分ですよ」

13　貞享三年一〇月二〇日

今回、握り飯は持たされなかった。

馬も悪くはないが前回の栗毛に比べれば見劣りする黒毛だった。

急いだほうがいいぞと言っておきながら、書状の内容をかんがみて早馬である必要はないという判断だ。それをどうこう言うつもりはない。自分だって忠直に劣らない冷血野郎だ。

江戸を発ったのは宵の口だった。街灯も対向車のヘッドライトもない街道は山賊が身を隠すのにもってこいの暗さだったが、それだってどうでもいい。身を切るような夜風が霜の気配を含んでいるが、知ったこっちゃない。

衣類を剥がれようが体温を奪われようが、なんだっていうんだ。命を奪われようとしている二八人に比べたら春のそよ風にひと撫でされるようなもんじゃないか。

馬の足が重くなるたびに容赦なく腹を蹴った。残忍だとは思う。だけど歩を緩めることはできない。

ひたすら前方を見据え、内陸部へ、山の向こうへ、松本に到達することだけを考えた。どこで朝日を背中に浴びたのか、いつ関所を越えたのかさえ思い出せない。早い冬の小雪を風が運んできたときに太陽が頭上にあったかどうかもわからない。笹子を越えた記憶はないし、今回は諏訪湖に落ちるひとすじの光を見なかった。着物がいつ濡れそぼったのかも覚えてない。手の感覚、足腰の感覚ははじめっからなかったみたいだった。

みんなに届けるんだ。

忠直が年貢減免三斗を認めたぞ。

無駄死にじゃない。みんながしたことは無駄なんかじゃなかった。

そう知らせてやりたかった。

加助、善兵衛、おしゅん。待ってろ、今行く。半之助、作兵衛、さぞ悔しい思いをしているだろう。無念だけを抱えて三途の川を渡るような目にはあわせない。

俺は知ってる。

みんながみんなを少しでも生き長らえさせようとしたことを。それには意味があったことを。これが時管の代謝にどう関係していくかなんてどうでもいい。生き延びようとしたんだ。自分たちの世界を維持しようとしたんだ。崩壊を食い止めようともがく姿を、俺は見た。あの忠直でさえそうしようとしている。

そのあがきは無意味なんじゃないと、知らせてやらなければならない。加助という意色の存在を肯定してやらなければならない。

二斗五升と失意の叫びをあげさせたりはしない。

その一心で、馬を走らせた。

時間も場所も顧みない道程のなかで俺の注意を引いたのは、槍ヶ岳にぶすっと刺さった夕日ただひとつ。

舞い散る雪に透けて、松本盆地に頼りなげな光を落としている。

間に合え、間に合え、間に合え。

馬のいななきに耳を塞ぎ、町人街を駆け抜けて勢高の処刑場をまっしぐらに目指す。松本城が視界に入る。城下を睥睨する漆黒の城。俺を見下ろし、せせら笑う。

おまえに何ができる。

指標の傾きをおまえひとりで押し止めようとしたところでなんになる。

時間は、あらゆるものを食む。

うるさい。

そんなこと、どうだっていいんだ。加助はそんな話に耳を貸したりしない。

馬が苦しさに顎を上げる。すぐ左手に松本城が見える。前回、馬が倒れた場所にさしかかる。ここで倒れるわけにはいかないんだ、踏ん張ってくれ。懇願するだけの俺を恨め。

前回とは違う馬だ。温室育ちの坊ちゃん栗毛じゃない。同じ場所で同じように倒れないことを願った。そして前回と違うものがもうひとつあった。

水が湧いている。町人街の路傍にこんこんと湧く水を受ける石桶がある。せめて馬に水を。

あと一歩で湧水、というとき、視界が揺れた。一瞬、馬が倒れたのかと思った。違った。俺だ。くずおれたのは俺だった。馬上に自分を座らせておくだけの体力がもう、なかった。おしゅんの毛皮を貰っておくべきだったな、とはじめて思った。

「しっかりしろ、鈴木伊織」

馬からずり落ちた俺を、はっしと受けとめる力強い腕があった。

俺を抱きかかえ、川井八郎三郎は言った。

「ここで倒れられちゃ困る。そら、水を飲め」

川井八郎三郎が、どうしてここに？

よぎる疑問を処理できる余力すら、脳味噌に残っていない。ほとんど強引に水を飲まされ、だけど顎からしたたり落ちる水で懐のものを濡らすことだけは阻止しようと胸をかき抱いた。

「それだ。そいつがあるずら。出せ」と、川井八郎三郎。

「いやら。ころおほへはひは、おれんら」

「覚書じゃねえよ。凍み餅だ。持ってるずら。今食わねえでどうするだ」

そう、そうだ、中萱村の凍み餅。このときのために取っておいたんだった。おしゅんにも渡さずに。

震える手で凍み餅を包んだ紙を開き、一片でも無駄にすまいと舌の上で溶かして飲み下す。このかび臭い薄っぺらな炭水化物が持つわずかなエネルギーが必要だった。俺を勢高の処刑場まで走らせるだけのエネルギーが。

川井八郎三郎は眉をひそめた。

「凍み餅一枚？　そんだけ？　二十六夜神にもらったぶんはどうしただ？」

二十六夜神、千曲の？

「あの子は鈴木伊織にくれると言っていたぞ。巾着に大事にしまっててな、ようやっと手に入れた餅だと言って。なんしろ家中が三石三斗三升三合三勺の米を用意してないんで、目算が狂ったと激怒してせ」

激怒？　三石三斗三升三合三勺？　それを俺に？

「あれには参った。六九年前に約束したじゃないかって、責められほうけ責められてせ」

六九年前、というと。一六一八年。元和四年、二十六夜神降臨の夜。

天守番をしていた川井八郎三郎のもとに世にも美しい二十六夜神が舞い降りて、毎月ごとの奉納とひきかえに城の安泰を約束したという伝説のことか。それはまるきりの作り話ではなかったというのか。

じゃあ……「川井八郎三郎、あんたは……千曲は……」まだ頭に糖分がまわってないらしい。

「おまえと同じ。マーカーだよ」

がこん、と脳味噌の歯車が回り出す音が聞こえるようだった。

俺と千曲のほかにもマーカーが。いやもうひとり、小林有也のほかにも。

「あんたは、てことは、六九年前に二十六夜神と約束をかわした川井八郎三郎ってのは」

「それはまぎれもなく俺だよ」

川井八郎三郎の顔をまじまじと見る。

この顔には見覚えがある。ちょんまげをほどいてこざっぱり整髪し、ジャージ姿になったところを想像してみる。ついでに茶髪にしてみる。

二一世紀、倒壊直前の松本城でおばさんが階段を下りるのを助けてやれと注意してきた男。ではないか。

「鈴木伊織、おまえ、何巡目だ?」

川井八郎三郎は続けた。

「俺はこれで三巡目だ。俺はラッキーだった。とばされてはじめに会ったのがあの子だったんだからな。すぐに自分の役目がわかって、ときの藩主、戸田安長に女神さまのお告げを吹聴しただ。あの子がおまえに餅をくれなきゃって言ってた意味がわかったのは、うんとあとだけど」

「千曲が……俺に……」

言いかけて、突然理解が落ちてきた。

巾上君に、くれるから。

方言だ。これは巾上君にあげるから。

どうして気づかなかった。あんなに方言リスニングをマスターするべく必死になったのに。

「はじめて会ったとき、元和四年、俺は大天守六階で宿直の最中に居眠りしてた。あの子はおまえがここに来るはずだと言ってせ、それまでに餅を用意しなくちゃいけないって焦っていた。次に会ったのはそれから六九年後の貞享三年八月二六日の乾小天守。空振りだよ。場所は違うし奉納の米もない。約束したじゃんって責められても、なんのことだかさっぱりだ。

その次は騒動のあとだ。おまえが松本を発ったあとだな。凍み餅を手に入れたはいいが、おまえに渡しそびれたと言っていた。きっと取りに来るから巾着を隠してほしいと頼まれた。で、俺は大天守六階の梁の上に隠しておいた」

川井八郎三郎は、早く凍み餅が胃に届けとばかりに俺にもう一口水を飲ませた。

「次の世界で取りに来るから、そうあの子は言っていた。何度やり直しても、次こそおまえに渡すからと。次がだめでもその次、いつか必ず。

あの子はおまえを助けたがっていた。

あの子があんまり必死なんで、俺もその手助けをしたいと思った。三巡目にしてようやく、ここでおまえをつかまえることができたってわけせ。前回は日付が違った。その前は騒動に巻き込まれて百姓になぶり殺された」

そしてまた別の時間線で目覚めた川井八郎三郎を襲った絶望はいかほどだったろう。蛾の説明ではストレスがマーカーを休眠させるということだった。ある程度の時間を眠ってやりすごし、突然目覚めて活動しはじめると。貞享三年と明治三六年を往復する俺と同じように、元和四年で再スタートを切らされた川井八郎三郎は、みたび自分を殺すかもしれない貞享の世で目を覚ましたのだ。

さらっと自身の死を語る男は同情を払いのけた。

「俺なんかまだいい。貞享三年の八月二六日と元和四年の一月二六日を行ったり来たりしてるだけだからよ。

　だけどあの子はおまえを助けようと、江戸に向かうおまえを止めようと、江戸屋敷に自分が出現できないものかと、何度も何度もとんだってわ。松本城に出現してから中萱村でおまえに会うまでのあいだ、何回とんだことやら。だけどそのたびに失敗して貞享三年八月二六日の乾小天守に出ちまう。じゃなかったら元和四年の大天守だ。

　もちろん梁の上に巾着なんかねえさ。自分が空っぽの巾着を握りしめてることに気づいて、あの子は俺を責めるわけせ。だで、見るに見かねて、いっそのこととばずに中萱村で待っていたらいいと言ってやったんだよ」

　それでか。それで中萱村にいたのか。よかった、元気そうで。そう言った。

「とぼうと思ってとべるなんて、それこそ神さまの所業じゃねえだか」

　二十六夜神、その神秘。

　高校の制服をまとうことを許された神に与えられた、唯一の力。あまりにも非力な月の女神。蛾のたわむれか。それともイレギュラー。突然変異。もしかしたら蛾が言っていた、染色のさいの副作用とやらなのかもしれない。

　なんにせよ自分が特異だと千曲は気づいていたに違いない。孤軍奮闘し、いったいいくつの時管を渡り歩いたんだろう。何人の俺と出会って、何回失意のどん底に叩き落とされたんだろう。

　ぜったいに、もうイヤだと言わないでくれ。

　おこがましいことを言った。エラソーに、わかったふうな口をきいた。千曲にぶん殴られたい。

心の底からそう思った。

「思うに、あの子がとべるのはおまえだけを救おうとしているからなんじゃねえかい」

川井八郎三郎の言葉は、どんな水よりも深く胸に浸透した。身震いするほど冷たく、そしてクリアだった。

——ははあ、さてはまた行けえなんだだな？　うまいこといかんもんだだね。ほいでも二十六夜神さまだで、やれるだだよ。おれにはできねえ。

松本城下で出会ったとき、川井八郎三郎はそう言っていた。

——いちどきにたんと助けようってのがいけねえじゃねえかね。ま、せいぜいひとりにひとりだわな。

そうも言っていた。

二十六夜神だからできる。千曲だからできる。ただひとりを助けようと、全エネルギーをそのために注いだから、できる。

そして千曲に長い旅を強いていたのはほかの誰でもない、俺だ。

「もっと可哀想なのは小林有也のおっさんだわ」

川井八郎三郎は続けた。

「忠直に江戸に留め置かれて、松本の騒ぎを人づてに聞いて爪を噛むだけ。それもまだ序の口、あのおっさんにはこれから長くてしんどい役回りが用意されてるで。いきなり明治にとばされて右も左もわからないに中学の校長に赴任。三一歳から一七年間、ひとりっきりで松本城を修理するために奔走するんだからな。

だけど本当にひどい目にあっているのは多田加助だろうよ」

加助が？

俺に肩を貸し、「その馬はもうだめだ。落馬して首の骨おっぽしょるより、歩いて行ったほうがいい」と川井八郎三郎は歩き出した。「多田加助だけは飛び飛びに時間を行ったり来たりしない。ずっと忠直の治世にビス留めされて、いったい何回死んだことやら。二十六夜神が言うには一回や二回じゃねえってわ。やだやだ、考えたくもねえ」

しかも、松本の行く末を知ることもない。

川井八郎三郎の言外にあるものに、震撼した。

加助がマーカーだということよりも、何度も死から甦って自身の死に向けてひた走ったということよりも、それは冷酷な事実だった。

あの、いつだって低い物腰を忘れない冷静な男を思い出す。方言丸出しの言葉遣いが飛び交うなか、終始一貫して柔らかで丁寧な話しかたをしていた。声を荒らげることなく、善兵衛が取り乱したときでさえ拳で解決するような真似はしなかった。

おそるべき精神力が背中を貫いている男。

その背骨を殴打するような真似をしてはいけない。自分がもたらす未来を知らせなくては。むくわれない、もうイヤだと言わせたくない。

俺は川井八郎三郎に引きずられながら、その肩にまわした手に力を込めた。

行ける。両手の指が動くのを確認し、一歩、また一歩と膝を繰り出す。葦の繁る荒れ野を掻き分け、勢高に急ぐ。

松本城の背後、小高い丘はすぐそこだ。

群衆のすすり泣きを風が運んできた。千人以上はいようかという農民たちが刑場を取り巻いて悲しみに沈んでいる。ある者は念仏を唱え、ある者は一心不乱に祈り、丘の中腹を悲嘆に染め抜いていた。彼らは一様に松本城に背を向け、ひとつの光景を胸に刻んでいた。

禍々《まがまが》しい光景だった。

見たことはないがたぶん、ゴルゴタの丘よりも忌まわしい。

遠目にも四つの十字架が見える。

十字に組まれた木材に磔にされているのはキリストではない。近づくにつれその詳細が知れて、背筋が凍る。

加助、善兵衛、半之助、作兵衛。

両手両足を十字に組んだ垂木に結わえつけられ、髪を乱し、汚れた頬をたそがれにさらしている。泥まみれ傷だらけの素足は、市中引き回しのあげく勢高に連れてこられたことを物語っている。全員が真一文字に唇を結び、険しい額の下の目は見開かれ、これから自身にふりかかる運命と対峙していた。

それぞれに槍を持った同心が控えている。吟味《ぎんみ》方《かた》の姿も見える。

間に合う！

「その仕置き、待ったあ！」

その耳に届けと大声を張り上げた。

群衆が、それから同心と吟味方が、俺たちのほうにいっせいに振り向いた。

加助が、善兵衛が半之助が作兵衛が俺を見る。

間に合った。

処刑に間に合ったんだ。

「聞け！　年貢減免三斗！　引き上げは取りやめだ！　ここに忠直の覚書がある！」

群衆が俺と川井八郎三郎のために道をあけ、左右に割れる。山の頂に沈む夕日の最後の日差しが、刑場の全容を浮かび上がらせた。

衝撃が全身を貫いた。

千曲。

なぜ、千曲がここにいる。

なぜ、後ろ手に縛られて頭を垂れさせられている。

なぜ、百姓の身なりをしてひざまずかせられている。

千曲の背後には同心が居並び、そのなかには首斬り役の姿もある。通常は投獄された牢屋で斬首され、それを衆目にさらすのが獄門のはず。なぜ見せしめに一三人が勢高の処刑場でうなじを差し出しているんだ。

なぜそのなかに千曲が含まれているんだ。

顔をあげた千曲と目があった。

その瞬間、すべてがわかった。

おしゅんの姿がない。

千曲が着ているのはおしゅんの着物だ。

つと、磔刑の善兵衛が顔をそむけた。

すまねえだ。そう言った善兵衛の声が甦る。すまねえだ、ご無礼の数々、お許しください。

身代わり。

サクリファイス。

いけにえの羊、それが神とあればこれ以上の供物があろうか。

なんだこれは。なんだこれはなんだこれは。

吟味方が小さくうなずき、それをうけて同心二人が加助の脇腹を槍で突き上げた。鮮血と苦痛の呻《うめ》きが散る。続いて善兵衛、半之助、作兵衛の両脇腹を槍が貫く。苦悶と絶叫、執拗に何度も引き抜かれては突き上げられる槍先。ひざまずかされた一三人の背後でひらめく太刀。ひとりめ、おしゅん――千曲の首をその眼前に掘られた血受けの穴に落とさんと振り上げられる。

「うあああああっ」

自分が叫んだこともわからなかった。

気がつけば脇差を抜刀し、刑場に踏み込んでいた。

「やめろ！　鈴木伊織！」

追いすがる川井八郎三郎をふりほどき、刀を構えて首斬り役を切りつけ——られなかった。何人もの同心に押さえ込まれ、首斬り役はおろか刑場の中心にすら近づけなかった。苦い土が口の中を満たし、それを吐き出す頬をまた押さえつけられる。よってたかって圧力をかけてくるものに抵抗するエネルギーはもう、残ってはいなかった。

視界の半分が暗闇だ。見えないほうの目に涙がにじむ。

もう半分はおぞましい世界だった。

松本城がある。わざと磔刑に処せられる者が見下ろせる位置に、十字に組まれた垂木が四つ、宵闇に浮かび上がっている。分厚い雲が天を覆い隠し、死の予兆のような雪が舞っている。

月はない。

にっこり笑った口元を思わせる月は消える。

彼らが、葬るのだ。

「叫べ！」

最後に残された力のすべてを込めた。

「叫べ、加助！

二斗五升！」

見開いた加助の目が俺に釘づけになる。

なぜ、あなたが。

その目はそう言っていた。

そのとき、地響きが天空を揺るがし、雷鳴が走った。北アルプスの稜線が白い炎をあげる。峰々に反響した叫びが増幅して渦を巻く。

ぐらり、

眼下の松本城が傾く。

世界の崩壊が、始まる。

14 明治三六年九月二六日

俺はだめだった。

「だめだった。俺はだめだ。俺じゃだめなんだ」

ぼろぼろ、涙がこぼれた。

マーカーにさせられた我が身を呪詛《じゅそ》し、人選ミスをやらかした蛾を罵った。

ひとりだ。何の物音もしない。思う存分罵倒できる環境だ。

今はいつだろう。

場所は松本城天守閣最上階だ。

ずいぶん荒廃している。埃っぽいしカビ臭い。床なんか大胆に傾いている。唯々《いい》諾々《だくだく》と劣化するがまま寿命までの時を刻んでいる。どこかの誰かさんが土壇場で手のひらを返したせいだ。

二斗五升と叫んだ愚か者。

ひどい話だ。こんなお粗末な結末ってあるか。バカ野郎だよ。俺だよ。

「どうする？　だめだってよ」

聞き覚えのある声が降ってきた。顔を上げる気にもならない。

第三者だ。蛾だ。発しているのが音波だかなんだかもわからないような、この世界の空気を振動させることもない部外者。

「まあそう意地の悪いことを言うな」

もう一匹がたしなめる。同情するフリがうまいほうの蛾だ。

「どちらにせよこれで終わりだ。この複製時管でマーカーの役目は終了。おまえはお払い箱だ」

俺を処分しに来たのか。それならそれでもいい。失敗から学べ。俺にはできなかったけれど。思い残すことばっかりだ。もう一度やり直したい。いや、やり直したくない。ダメを追体験する覚悟なんてありゃしない。ただどうしても、ひとつだけ。千曲に会いたい。

千曲に会って謝りたい。

ごめん。

こんなことになってしまって。なんにも阻止できなかった。台無しにした。ごめん。ごめんなさい。

加助たちの処刑を阻止するよりも年貢の減免が農民を救うことになると、ひいてはそれが加助の思いを救うのだと、身を切る思いで決断したのに、最後の最後に俺自身がふいにした。二斗五升の声を聞いて暴徒と化す農民の姿を最後に見た。俺を助けることが農民を救うことにつながるのだと信じていた千曲を裏切った。

謝ってすむようなことじゃない。誰ひとりとして許さないだろう。償うこともできやしない。自己憐愍《れんびん》すらもおぞましい。

「どうして俺を選んだんだ？」絞り出すような声が出た。「鈴木伊織なんていう役をわざわざこしらえて、それをあてがわれたやつが派手にすっ転ぶのを見てて楽しいか？」

蛾は顔を見合わせ——たわけではないだろうが、何言ってんだこいつ、というニュアンスは伝わってきた。

「役をこしらえてなんかいない。時管の当該部分に格好の伝説があったから、そこにはめ込んだだけだよ。投入するマーカーの置き場所にうってつけだったんだ」

つまり架空の人物。

蛾どもは、もとの時管で指標——松本城といっしょにくたばる予定だった俺をひょいとつまみ上げて、江戸時代に移した。でもって、時管ごと重ね合わせの状態に置いて分裂させた。ただ、マーカーとして投入された俺はほかの時様体と違ってもとはそこにはいなかった存在だ。そこで蛾は伝説上の人物、鈴木伊織を俺にあてがった。ご丁寧にも基礎知識を携帯させて。

かくて伝説上の人物は今や実在の人物となった。

鈴木伊織、二十六夜神、多田加助。川井八郎三郎、小林有也。

千曲だけが高校の制服姿だったのはおそらく、蛾が横着した結果だろう。ふざけてる。

「ところで移植手術のことだけど、接合箇所を考え直す気は？」

「ない。時栓発生箇所と指標崩壊ポイントの間、ギリギリのところを狙う。もとの時管を切除する範囲を最小限に抑えたい」

「それでもし、また指標が崩壊したら」

「しないって言ってんだろ。時栓が発生しない培養複製時管を使えば」

おなじみの観客無視の内輪もめ。

その内容がどんなに興味深いものであっても、もう関係ない。こいつらが俺という不良品のマーカーを使うことはもうないのだから。

見えないほうの目がひりひり痛んだ。松本城も見納めだ。もとの時管で最後に見たのが大天守六階の天井裏で、本気の最後に見るのも大天守六階の天井裏。不思議な縁だった。松本城なんか、入った大学が松本になかったらその単語に目を留めることすらなかったろう。実際、千曲に連れて来られるまでは登ろうとも思わなかったし、あのときでさえせっかくだから一度くらいは、程度の気持ちだった。

それが今、同じ天井裏を見上げている。といってもずいぶんくたびれてまるきり様相が違うけれども。

最も違うところは、主を失った二十六夜神を祀った小さな祠。

経年劣化のなすがまま。疲れはてて、ちょっとつついただけで崩れ落ちてしまうだろう。

もう、ぼろぼろだ。

「千曲は……」

やっとの思いで、その名を口にする。ひりひり喉が痛む。

「千曲はどうなるんだ？　このままマーカーとして使い続けるのか？　何回も何回も貞享三年をやらせて、使い捨てるのか？　二一世紀に帰してやることもなく……二十六夜神のまま……そんなのって……」

　蛾は俺のほうを見なかった。複眼のはじっこで見ているのかもしれないが、少なくとも気にかけているふうを装ったりはしなかった。

「マーカーに使った時様体のオリジナルは、複製作成後、もといた場所に戻した。複製のほうは時管の移植手術が成功したら、ていねいにすり潰してねんごろに弔ってやるさ」

「散々な言いようだな。いずれ用済みになる複製をこさえるなんて、非道な実験だとは思っていたが。広義のインフォームド・コンセントとやらはどうしたんだ」

「だからこうして説明してやってるじゃないか」

　ひとでなしめ。いや、蛾だ。蛾の姿をしたひとではないものだ。自分たちの都合で好き勝手に世界をいじり倒す、高慢ちきな存在。歴史を変えてみせると豪語していたどこかのバカ野郎とタメを張れる。くそったれ。

「そうはいっても意色が時管の代謝に影響することがわかっただけでも、今回の実験には意義があった。マーカーとして意色を持つ時様体を注入した複製時管と、予備で作ったマーカー未注入の複製時管とでは、結果に差が出たことは認めるだろう？」

「ああ、あれはひどかったな。複製時管そのものがもとの時管よりも早く壊死してしまうなんて。やらないほうがマシの実験だった」

今ごろ気づいたか。

俺はとうに知ってたよ。というか、そうならいいと心の底から思っていたよ。それが微々たるものだとしても。

してやったんだ。千曲か加助かほかの誰かか、まあいい、意色を持つマーカーが蛾に知らしめてやったのだ。俺にはできなかったけれど。

予備で作られたという複製時管は千曲や加助を欠いた世界だった。意色ひとつぶかふたつぶか、ほんの小さな差が、世界の寿命を左右したのだ。

胸のすく思いだ。ないないづくしで終わってしまうんじゃなくてよかった。

死にたくないという気持ちに花を手向けよう。意色という時計を持ったすべての時様体に喝采《かっさい》を、持てるエネルギーを最大限に利用しようとあがく者にねぎらいを、傾斜していく世界を直視するあらゆる目に亜鉛を。

千曲に祝福を。

俺からは——謝罪を。

「ともかくまあ、これで実験は終わり。時管は待ったなしの状態だ。あれこれ悠長に試行錯誤していられる段階にない」

もう一方の蛾がしぶしぶ同意する。「わかってるって。いいかげんにしろってこってり絞られた。手は出さないが口は出す。ほんと、上司の鏡だよあいつは」

「わかってないな。さんざん目をつむってもらってきたんだって。やるだけやらせてみようって、ずいぶん上とかけあったって言ってたよ」

「どうだか」

とはいうものの、蛾はどう見てもがっくりきているようには見えない。しょせん他人事。そういうわけだ。

二匹の蛾は、施術の段取りがどうした、アシストは誰がするのどうの、次のことで頭がいっぱいなようで、さっさと立ち去る気配を漂わせていた。

「待ってくれ。最後に教えてくれ」

呼び止める俺を面倒くさそうに見る。

「この世界はどうなるんだ？　廃棄処分とか？」

その質問に答えは返ってこなかった。

憐れみの目を――たぶん。じゃなかったら幻滅かなにかのため息を――ちらりと向けて、ばっさばっさ鱗粉を撒き散らした。

「これが終わったら転属願を出そうかな。ほとほと疲れたよ。病弱な幼生をこれ以上看るのはツライ」

「うそばっかり。恩返しがしたいって言ってたじゃないか。昔、自分が死にかけてたところを救ってもらったからって。

それにな、知ってるんだよ。元気になれ、立派な成虫になれって声をかけてただろ」

蛾は顔を赤らめ――たかどうかは知らないが、ひときわ激しく羽をばたつかせ、あたりかまわず鱗粉が散る。

ああ、雪みたいだな。と思った。

終焉を告げる小雪とそっくりだ。地上の熱を奪って、あらゆるものが振動をやめて眠りにつくんだ。エネルギー切れ。時間を感知することもできない。

虚無へと還る宇宙に雪が舞うとしたら、きっとこんなだ。

見えるほうの視界に闇が訪れる。

永劫の床にからだを横たえる。松本城といっしょに。


「おい、どっから入っただ、危ねえじ」

脇腹を蹴られて目を開けた。

角刈りのおっさんがこっちを覗き込んでいる。黒々と日に焼けた額に皺がよっている。その皺はくっきりと迷惑千万、と刻んでいる。

「おめさま、行き倒れか？　わざわざ城に登って死のうたあ、えれえこと考えたもんじゃねえかい。悪いがよそでやってくれねえか。隠れ里から降りてきただかなんだか知らねえが」

聞き覚えのある口の悪さ。

口調だけじゃない。半纏に書いてある文字もだ。佐々木組。

棟梁。大工だ、松本城の修理にあたった大工。

がばっと身を起こした。

とたんにめまいが襲ってきてへなへなと崩れ落ちる。

「やや、何やってるだ、どうしたいだ？　まーずへえ困ったもんだわ」

口調は乱暴だが棟梁はやさしかった。俺を支えて床に手をつかせてくれた。

その床は傾いていた。柱も大きく斜めになり、漆喰の壁には亀裂が走り、雨漏りのあとが積もった埃をカビさせている。鼠の糞、ムカデの死骸、狸だか貂《てん》だかよくわからないけれど動物の足跡がそこらじゅうを蹂躙《じゅうりん》している。頭上の井桁梁《いげたばり》はクモの巣に覆われ、桔木《はねぎ》が見えないほどだ。

それに二十六夜神の祠も。

松本城大天守六階。

倒れていない。

まだ、松本城は倒れていない。

「今は……明治、ええと、三六年？」

「本当に隠れ里から出てきただか。見てわかるとおり、お城から殿さまがいなくなってはーるか経つ。廃藩置県があって、二の丸御殿、本丸御殿跡、天守閣は払い下げ。ったって、じっと補修せなんといけねえようなシロモノ、誰だっていらねえわな。取り壊すにしたって金がかかる。まあ実際、二の丸御殿が火事で焼けたのは県庁のやつらが新しい庁舎が欲しくてやったんじゃねかっていう噂もあるくらいだでね。

　ほんでもお城を買い取った物好きがいたっていうでおどけたわ。二三五両も出して落札してどうするつもりだっただか、筑摩県と市川量造が買い戻しに動いてくれてかえってほっとしたじゃねえだかい。管轄の陸軍省にしたって――」

「待った待った。えーと、じゃあ松本城は現存してて、筑摩県が管理してる？　市川量造？　小林有也じゃないのか？　あんたは小林有也に雇われて松本城を修理するんじゃないのか？」

佐々木棟梁はバカを見る目で俺を見た。それはもう。

「お城があるかって？　おめさまがいるここは何だい」

「いやそうじゃなくて。そうだけど。俺が聞きたいのは――」

「今は松本町だ。筑摩県は長野県に合併吸収されてせ、まーずへえいけねえ、県庁まで長野に取られちまって、おらほにお城ばか残ったたって修理費も出せやしねえ。せっかく市川量造が買い戻してくれたに三〇年も置いたっきりせ。

そこで先生さ。小林先生がいなんだら修理の話もなかったずら。

えれえお人だじ。松本に赴任してからじっと寄付金集めせ。先生が三一歳のときからだっていうでもう一七年になるかや、ほうぼうに頭をさげて二万円も集めてせ、ようやっと修理に入るだ」

一七年。

――あのおっさんにはこれから長くてしんどい役回りが用意されてるで。

川井八郎三郎の言葉がよみがえる。

明治時代にたったひとり放りこまれた小林有也の境遇を思い、身震いした。

一七年間、孤軍奮闘、闘い続けた精神。

あの、ヨモギをおねだりしてきた冴えない風采《ふうさい》からは想像もつかない。終始ほほえみを絶やさない憎たらしい顔しか思い出せない。

「帝国大学出だっていうが、話すことったら腹を壊すなだの怪我の傷を清潔にしろだのそんなことっきり。あれじゃ生徒だって拍子抜けするずら。もう少しありがたい訓示でも垂れてくれねえかと思うわ。身なりだってぱっとしねえし」

「ありがたい話ができるほど立派な人間じゃなくて申し訳ないね」

階下から声がして、階段のほうに振り向くと、苦労しいしい登ってくる姿がそこにあった。

「こりゃいけねえ。先生、聞いてただか」

「棟梁にかかったら中学校校長も呑気にやってられないねえ」

記憶にあるとおり小林有也だ。

柔和な笑顔はそのまま。忠直のそばにいたときと変わらない。その一方、おそろしく様変わりしている。

一七年の歳月が、彼から若さと頭髪を奪っていた。

こんなだったっけ？　と、前回を思い出そうとした。この前の明治時代に会った小林有也はこんなに時間の経過を顔に刻み込んでいたっけ？

しょぼくれた見た目には相違ないけれど、なんかもっとこう、第三者然としていたような気がする。小林有也もマーカーだと知った俺の見方が変わったからなのかもしれないけど。

「どれ、目の具合はどうかな」

久しぶりの一言もなく小林有也は俺の顔を掴んでぐいっと上向かせた。

「ふーむ、雑菌が入った様子はないけど充血がひどいねえ。見るからに痛そうだ」

と、背広のポケットから涙型のガラスの小瓶を取り出し、その尖った先端で俺の目をつつこうとする。

「うわ、やめろ」

「そら、瞼を閉じちゃいかん。目薬をさしてやろう。硫酸亜鉛入り、大学目薬だ」

びっくりするような力で俺の瞼をこじあけて、怪しげな液体をぽたりと落とした。

明治時代の目薬なんて江戸時代の医学と同じくらい信用できん。きっと失明する。という俺の不安をよそに小林有也は手に垂れた液体をハンカチで拭いた。つまりいきなりささえを失った俺の頭は自重で床に落ちた。後頭部を押さえてのたうちまわる俺の耳に、佐々木棟梁へのねぎらいの言葉が聞こえる。

「ご苦労さまです。下見した感じではどうですか」

「いやー、こりゃえれえわ、先生。壁や瓦はもちろんだけども、柱の傾きがどうにも。ちょっと切ったり足したりしてすむってんじゃねえじ。一階の床を剝いでみにゃわからねえが、どうも土台が腐ってるだね」

「ああ、このあたりは昔は湿地だったからねえ。お城の西側は北のほうまでずうっと葦ばっかりの湿原だった」

小林有也はあたかも目の前にその光景があるみたいに目を細めた。昔の松本を思い出しているよう。

あれ？　と思った。俺が知る限り、小林有也は忠直についてずっと江戸にいた。明治時代になるまで松本盆地に足を踏み入れてもいないのでは。

「それが天然の防壁にもなっていてね。川がしょっちゅう氾濫するせいもあって、水浸しのひどい土地だった。ため池を作り、大門沢川の護岸工事と土地改良、北の斜面が耕作地として整備されていって少しはマシになったんだよ」

「やや、中学校の先生みてえだじ、先生」

「たまにはそれらしいところも見せないと。大門沢川の川べりに水野家ゆかりの寺があったこともあって、徐々に改良されていったんだよ。

それはそれとして、土台が腐っているという話だったね。どうにかできそうかな」

「どうだかね。床下に支えの柱を入れて、腐った柱を切って新しい柱にすげかえる。ほいでも柱が礎石《そせき》の上に乗ってるんじゃねえとなると、大工事になるわ。もし地中に埋め込まれてるってんなら、先生……」

「二万円ではききそうもないか」

うん、と棟梁は気まずそうにうなずいた。

「それもあるが、どうしたってなからの工事になっちまう。水をどうにかせないと根本の解決にはなんねえじ。湧水を止めるこたあできねえ。上の川が暴れるのを抑えるこたあできても、地下水の流れを変えるなんてのは神さまでも無理な話だ。いくら真新しい柱を入れたっていずれは腐っちまう。腐らねえ木があるんならともかく」

「鉄はどうだ」

「鉄か。鉄だって錆《さび》らあな。それに悪いがおれにゃあ西洋の最新はわからねえ。京都で最新の橋が造られたって話だが、それがどんなもんかどんだけ金がかかるか、想像もできねえだよ。大工のつてもねえし、東京でもついこないだ三井が鉄の柱を使って建てたばっかりだ」

「そうか」

そしてふたりして眉間の皺を増やして押し黙った。

鉄骨、鉄筋。近代建築が一般に普及するのはまだまだ先の話だ。港湾を抱えた都会ならまだしも、工業化さえおぼつかない内陸の僻地にいったいどこの物好きが鉄を持ち込もうというのだ。軍の権力者でもなければ財閥でもない小林有也の手の届くところに鉄はない。

「城の傾きを直すだけならできないこともねえがね。東側の柱を切り詰めりゃ、屋根の重さが西にばっかりかかるってこともなくなるで。それでちったあ持つはずだ」

「どのくらい？」

「さあねえ、五〇年か、六〇年か。まあ一〇〇年は無理だな」

「それでいい」

意外なことに、小林有也はあっさり引き下がった。

「露西亜との戦争が近づいている。これから鉄は軍に持っていかれることになるだろう。だけどその一方で鉄を使う技術は躍進する。軍備はもちろんのこと、民間もこぞって鉄を用いた建築をやりはじめる。

西洋式の新しい技術を目の当たりにした子供たちは大人になってそれを取り入れていく。改良を重ね、もっと優れた方法を模索する。そこにある知識を実用化し、さらに新しい知見を得る。その繰り返しの先にきっと、松本城を倒壊させない明日を見つける」

そう言った小林有也の顔は毅然《きぜん》と、だが凄惨なものだった。その背骨を貫いているのは信念だ。そうであるべき未来を希求する心だ。

松本城は倒壊する。たとえそれが事実であっても、信念は別問題だ。力不足である事実を受け入れ、それでも捨てない。

小林有也の一七年間。それがもたらした境地。

俺は背筋をのばす小林有也をアホみたいな顔で見上げていたと思う。

「まーずへえ、訓示を垂れるなんてますます学校の先生みてえだわ」

佐々木棟梁がからかうと、小林有也はとたんに相好を崩していつもの親しみやすいおっさんに戻った。

「ま、そういうわけで棟梁、よろしくお願いします。我々大人は未来の大人に負けないように、やれるだけのことはやる姿を見せてやらんといかんです」

「生徒さんたちに言ってやりましょ。おれのやった開智学校は松本中学よりも長く残るじ。一〇年先を見せてやりてえわ」

こんどは佐々木棟梁をアホみたいな顔で見る番だった。開智学校なら俺でも知ってる。この口の悪いおっさんが、あのメルヘンチックな校舎の建築に参加していたとはびっくりだ。

あんたが造った校舎は一〇〇年どころかもっと持つ。教科書にも載る。全国津々浦々、未来の大人たちが知ることになる。

そう言ってやりたいのも山々だが、佐々木棟梁の関心はすでに目の前の仕事に向いている。天井を見上げ、接ぎ木の隙間に顔をしかめ、壁の腐食に腕を組む。棟梁の頭のなかにはすでに図面が引かれているのだろう、早期の着工を約束して引き上げにかかった。

「先生、あまり長居しちゃいけんじ。危ねえでね、早いとこ外に出ましょ。そこの行き倒れも」

「この人は私が連れていくから。先に行ってください」

先生にそんなことさせられない、いや棟梁こそ、という押し問答のすえ、俺と小林有也は大天守最上階に取り残された。

気まずい。

いつ倒壊するか知れない建築物の最上階。いや、もし前回の世界をなぞっているんだとしたら、ふたりともそれが数分後かそこらだと知っている。ことによると前回より早いかもしれない。だとしたら、それは俺のせいだ。

小林有也が佐々木棟梁をひとりで先に行かせた理由ははっきりしている。俺というお荷物をひきずって逃げ遅れさせたくないのだ。

「行ってください」重苦しい空気に根負けして、言った。「逃げてください。蛾がどういうつもりかわからないけど、俺がここにいるのはたぶんあんたを逃がすためなんだ」

「私を逃がす？　逃げたくても逃げられない境遇が私たちの身に降りかかったのはあなたもご存知のはず。鈴木さま」

さきほどまでの温和な中学校校長はどこへやら、氷のように冷たい小林有也の声は、俺を天守六階の床に串刺しにした。

「一七年、いや、水野忠直のもとで暮らした二年を含めると一九年間、逃げたいと思ったことがないとでも思いますか？　侍医の地位を捨て、中学校校長の席を放りだし、逃げ出そうと思った。市井《しせい》にまぎれてひっそり暮らすことも夢見た。

二一世紀の松本城に置いてきた、生き別れになった自分の子供のことを思わない日がなかったと思いますか？

あなたにわかりますか。中学校の子供たちを見て、もし自分の子供が私といっしょに時を刻んでいたのならこの子たちより大きくなっているんだろうなと想像するときの気持ちが。この子たちと同じ年ごろの我が子を見守ることもできなかったと思う気持ちが。

あなたに想像できますか。

体を大事にしなさい、栄養のあるものを食べなさい、死んではいけません。自分を生かすことは世界を生かすことです。

そう、生徒に語る日々が。

それは私への叱咤《しった》でもありました。

自分を叱りつけながら生きる一九年間、それがあなたにわかりますか？」

俺に、なにが言えよう。

ただすくみあがって――小林有也の迫力にではなく、それが俺ごときが想像するのもはばかられる試練であることにすくみあがって、目の前のくたびれた男を直視することもできない。

「これを終わりにすることばかり考えてきました。ここで自死を選んだらどうなるのだろうと思った日もある。

しかし私は知っているんです。この世界での私が終わるのは松本城の崩壊と同時だと。そしたらまた水野忠直の侍医から出発することも。

だったら私が逃げる意味はありません。

それとも崩れ落ちる松本城を眺めているのではなく、その渦中にあればまた違うんでしょうか」

ぎょっとして、視線を戻した。度肝《どぎも》を抜かれたといってもいい。

指標の崩壊に身をまかせる。

そう、小林有也は言っているのだ。

マーカーとしての役目を自ら放棄することもできない小林有也という男は、一方で消失に安息を見いだしている。疲れ果てている。

「そ……」そんなの、おかしいです。

と言えるはずもない。がんばれだなんて誰に言える。とくに俺。

一九年、あるいは三八年、五七年、ことによるともっと歯を食いしばってきた男は、擦り切れたタオルかなんかのようでは全然なくて、どちらかといえば風雨を耐え忍んできたお地蔵さまみたいだ。そんなふうに見えるのは俺が忍耐を学んでいない若造で、お地蔵さまの奥深くまで浸透した水がなにをどう腐食させているかにまで考える材料を持っていないからだろう。

水野忠直のそばにひかえていた小林有也がどんなだったか思い出そうとした。若き侍医。おそらくマーカーとして招集されたときの年齢。額に刻まれた皺もなく、目の下がたるんでもいない。

ヨモギを持ってきていただけましたか。

そう聞いてきた。その顔が、思い出せない。

「……あんたは江戸で俺を待っていた。俺がもしかしたら終わらせてくれるかもって、そう思っていたんだとしたら……」

詫びの言葉など聞きたくない、とばかりに小林有也は手のひらをこっちに向けて制した。

「あなたは常に、私にとって悪い使者でした。鈴木伊織が江戸屋敷に馳《は》せ参じるということは、惨劇の開幕を意味しました」

これは……ちょっと……。

くるな。かなりくる。息がまともに吸えないくらい。

そうか、俺が予兆だったのか。そんなこと思い至りもしなかった。小林有也の苦難の一九年間を知らせる時報。忠直のもとで二年、それから一七年。

それからはたと気づいた。

小林有也は知っている。江戸詰めを終えた忠直といっしょに松本に戻っている。つまりその後の松本を見ている。

「あのあと、どうなった？　加助たちが処刑されて、それからは？」考えるより先に聞いていた。

「二斗五升と叫んで、それからは？　年貢は、農民たちは」

「二斗五升」

間を置いたのは、言いたくないからか。それとも思い出したくないからか。

「多田加助が磔刑にされたとき農民の間から二斗五升と叫ぶ声があがったと、聞いています。

あのあと、年貢は三斗五升まで引き上げられて、やはり多くの餓死者が出ました。そこへ寒波が襲いかかり、農民たちから年貢引き下げを訴える気力を奪った。労働力を失った農地は収穫量を減らし、収入源を失った藩は天守閣の保守もままならなくなった。

あるいは城中の維持を最優先して治水を怠り、度重なる洪水を呼んだ。三の丸全域が浸水するほどのひどい水害で、それがもとで疫病が蔓延しました。私は多くの患者を看取り、自分も疫病の苦しみを身をもって知りました。

もしくはこうです。

二斗五升の声を聞いた農民たちは大手門に殺到した。多田加助を失った農民たちを制御できる人間はいなかった。怒り狂った農民は日ごとにその数を増やし、ついに本丸に押し入って藩士と見るやのべつまくなしに襲いかかった。石を投げ、竹槍を振り回し、殴り殺し、そして斬り殺された。それは見るもおぞましい光景だったようです。むごたらしく積み重なる死体のなかには家中の重鎮も多く、松本に帰った忠直は藩政の立て直しに数年を要する苦境に立たされた。

あるいは、暴徒化した農民におそれを抱いた家中は年貢減免二斗五升を認め、忠直もこれに同意しました。強訴の首謀者を処刑してなお騒動を鎮圧できなかったとなれば、幕閣で問題になって改易される、そう考えたのです。しかし、結果は火を見るより明らかでした。石高の確保もままならない藩に領の維持ができようはずもない。城の維持などもってのほか。領内の治安は乱れ、かねてからの水争いが発展して村々は急速にすさみ、街道の往来もまばらになりました。盗賊が跋扈《ばっこ》し、その盗賊さえも医者から奪った財布が空なのを見て失望したでしょう。

あるいは――」

「もういい」

自分が震えているのがわかった。

最悪だ。

どれもこれも最悪だ。

多田加助が最も望まなかった未来だ。命をかけて阻止したかったシナリオのオンパレード。二八人の犠牲はなんの意味もないどころか、指標の傾きを加速させるだけのものだった。

農民を殺し、藩士を殺し、時管の寿命をすり減らした。エネルギーを無駄に消費させ、時栓を発生させ、そこにひっかかって倒壊する松本城の傾斜を促した。

こんな皮肉、あるもんか。

「もし二斗五升と叫ばなかったら……」

「二斗五升という声がなかったら。

どの世界でも、多田加助の処刑時に二斗五升の雄叫びがあがる。叫んだのが多田加助だとも別の誰かだとも確かなことはわかりませんが、絶望がそれを言わせたことだけははっきりしている」

やめてくれ。それ以上聞いたら、俺はきっと告白してしまう。

俺は気づいていたんだ。

二斗五升の叫びとともに傾く松本城を目にしていたんだ。

加助に二斗五升と叫ばせてはならないと、知っていたんだ。

「どの世界も悲惨だったけれど、この世界もひどかった。多田加助が年貢減免二斗五升を実現したあかつきに三石三斗三升三合三勺の米を奉納するという約束を二十六夜神とかわしていたという噂が、まことしやかに流れた。城にかわって奉納を果たしたら末代まで領民に安泰がもたらされる。そういう約束です。そのために多田加助が強訴を決行し磔にまでなったというのに、ご破算にしてくれたのはほかならぬ家中だとして農民は怒り狂った。年貢を納めることを拒否し、稲作を放棄し、自分たちの首と藩の財政を締め上げていったのです。

鈴木さまもご存知でしょう？　水野忠直が減免三斗を認めたにもかかわらず、です。

農民が頑なに二斗五升を求めたのは、多田加助の犠牲を目の当たりにしたからです。二斗五升が実現しなければ多田加助が報われない、そう、最後の最後で念を押す声を聞いたからです。

二斗五升という叫び声が、彼らに呪いをかけたんです」

それは俺だ。

あの声が松本城を傾かせるんだとわかっていたのに、いや、わかっていて叫んだんだ。千曲を——二十六夜神を殺すような世界など消えてしまえばいいと願ったんだ。俺はむせび泣いたかもしれない。肩が震えているのは確かだ。でもこの涙が、目の傷からくるものとは違うものではいけないと思った。泣く権利なんか俺にはない。

しかし小林有也は容赦なかった。

「そう、いつでもそれが引き金でした。多田加助が整えた引き金です」

加助を責めないでくれ。

加助は知らないんだ。

そのあとの松本を見ていない。勢高の処刑場で加助の持ち時間は終わり。どの世界でも、加助は結末を知らずに死ぬ。

自分で整えた引き金を自分で引いたとしても、加助は責められない。二斗五升と叫んだ加助でさえ、展望があると信じていたんだ。

磔刑になるべきは俺だ。

身代わりになればよかった。

多田加助を逃がし、生き延びさせ、その目で松本の未来を見させれば。強訴の結果を、二斗五升の叫びが引き倒す城を、目の当たりにさせることができたなら。

次の世界は変わる。加助が生き延びることで、世界は変わる。時間が壊死に向けてスピードをつけていくのをやわらげる。

はじめて、蛾を呼びつけたいと思った。呼びつけて、あいつらに宣言する。俺はマーカーを続行する。さあ、次の複製時管で目を覚まさせろ。

でももう遅い。これで最後だ。この小林有也との邂逅《かいこう》を終えたら俺はマーカーでなくなる。遅すぎたんだ。

小林有也はがんばり屋さんだ。がんばりすぎた。もっと早く俺に話をするべきだった。松本城の瓦解に身を委ねようとしたのが遅すぎた。

千曲だって歯を食いしばってがんばっていた。

千曲――……どうして千曲なんだ。身代わりになるべきなのは俺だったのに。

ギシ、と杜が鳴った。

体感できるかできないかくらいに、世界が揺れたのだ。小さな地震だった。やがて来る崩壊の前兆。

時間がない。次の地震ではきっと、この傾いた指標は膝を折る。

「逃げてください」

俺は懇願した。

「逃げて、次の鈴木伊織に伝えてほしい。もし次の世界で鈴木伊織に会ったら、それは俺の意色を吸収していない俺です。そいつに言ってください。

多田加助の代わりになれって。加助を勢高から逃がせって」

「君――鈴木さま……」

小林有也は呆然と俺を見るっきりだ。さっきの地震で入った壁の亀裂がピシリと音を立てて広がった。

「とっとと逃げろっつってんだよ、この頑固オヤジ！」

階段に蹴り落としてやろうとしたそのとき、

「小林先生？　おられますか？」

階下から、あろうことかくりくり坊主のだぼだぼの学ランが上がってきた。大きく見積もっても一三か一四、小柄で童顔、どう見ても中学校の生徒だ。

「佐々木さんが心配しておられたで、見に来ました。小林先生が階段で足でも挫いて降りれえないんじゃないかって」

なにしてくれるんだ、佐々木棟梁。

焦ったなんてもんじゃない。もちろん小林有也も顔色を失っている。

「矢諸君……いけない、早く下に降りなさい」

矢諸？

突かれた意表が、ずどんとなぎ払われた。

地面から突き上げる強い力が、俺たちの足元をすくう。

松本城を支えるすべての柱が悲鳴を上げ、漆喰に亀裂を走らせ、床をたわませた。

地震。

すべてが終わるとき。

それが、おこった。

とっさにくりくり坊主に体当たりして覆いかぶさるのが精一杯だった。大天守最上階だ、六階だ。何しようが助かりっこない。そんなこと、考える余裕もない。無我夢中で少年を床に押さえつけて、崩落する梁と雨あられと降り注ぐ瓦のすべてをこの背中で受けることだけを願った。

こんなことしたって、この世界のこの少年は死ぬんだ。

そう頭をよぎったのは一瞬のことで、ぎゅっと目をつむってそのときを待った。

待った。

待ったが、それは訪れなかった。

ほんの数秒のことだったんだろうが、永劫に等しい数秒だった。

揺れがおさまっていることに気づいたのは、ため息ともつかない小林有也のつぶやきが聞こえたからだった。

「……倒壊しなかった」

それを聞いている俺の耳はここにあった。冷や汗まみれの額も、体の下に感じる少年の体温も。

静まり返った天守六階で、漆喰壁がぱらりと欠片を落として俺の後頭部で砕けた。格子窓から吹いてくる風がそれを吹き払う。

松本城はかろうじて耐えた。

指標はまだここにある。

おそるおそる体を起こした俺は、格子窓の外に見たものに目を見張った。

そこからは松本城の北側に位置する斜面がよく見えた。あの、前回の明治時代で原野と見まがうような荒れ果てた斜面を見たのと同じ格子窓だ。

似ても似つかない。

そこにあるのは荒れ地ではなかった。

桑の木が北の斜面を覆い尽くしていた。

山のふもとまで、延々と続く青葉。整然と列をなす桑畑。

「これは……」

それはこの地で養蚕業が盛んに営まれていることを示していた。

「ああびっくりした」俺の下で少年がうごめいた。「助かった。とうちゃ――父のお守りのおかげかや」と、学生服のポケットをまさぐってお守りとやらを取り出した。

繭玉。まだ発達途中の手のひらの上にちょこんとふたつ。

「ああ、そうかもしれないね……。お父さまに感謝しなければならないね……」と、小林有也は目頭を揉み、中学校校長の顔を取り戻した。「すばらしいお父さまです。繭のお守り、いい話ですね。立派な成虫になるためには幼少期にうんと栄養を溜めておかなければならない。勉学に励み、病気に負けない体をお作りなさいよ、矢諸君」

「そうじゃないだ、小林先生。とうちゃんの話はばあちゃんのと違うです。

ばあちゃ――祖母が言うには、うちがお蚕さまで食ってけるのは二十六夜神さまのおかげだって。昔、貧乏百姓だったご先祖さまが二十六夜神さまの家臣から繭玉を頂戴して、それがいくらたっても羽化しないもんで、お蚕さまを迎え入れる用意ができてないからだってことで桑を植えたんだそうです。ほいたら、たちまちお蚕さまが羽化して卵をうんと産んで、うちは貧乏でなくなったたっていう話です。

だで、ばあちゃんは何事も支度が大事だって、なんにつけ口を酸っぱくするだ」

「うーん」小林有也は唸った。「お父さまとお祖母さまは同じことを言っているのではないかな」

「違いますよ。ぜんぜん。とうちゃんのは、自力で繭を破れる人間たれ、っていうことです。ばあちゃんは子孫に桑の寝床を用意できる人間になれますようにって。まるきり正反対じゃないですか。困ってしまいます」

「うん……？　そうかな。どう思いますか、鈴木さま」

「え？　えと、どっちもってことでいいんじゃないかな」じゃなくて。「今、俺、重要なことを聞いたような気がするんだけど」

「大事です。とても大事なことです。矢諸家の人々のお守りに込められた教訓は、まさにこの世界への投薬になる」と、有也。

いや、そこじゃなくて。

二十六夜神がなんだって？

家臣が、繭玉が、そんでもって、

「矢諸って……矢諸家ってのは……」

「あのあたりです。ああよかった、無事みたいだ」

格子窓の隙間から少年が指差す。

里山のふもと、だだっ広い桑畑が斜面を覆い尽くしている。千曲のばあちゃんの地所のあたりだ。

「矢諸君の家は松本町有数の養蚕農家なんですよ。

養蚕が松本を支えたんです。製糸工場が建ち、多くの労働者を抱えています。町がここまで栄えていなかったら松本城修理の寄付金が二万円も集まりはしなかったでしょう」

あんぐり開いた口からなんにも出てこない。

千曲から聞かされた矢諸家に伝わる繭玉の訓話が思い出せない。あれは、少年の父と祖母のどちらの話に近かったっけ？

いや、そこでもなくて。

おしゅんに繭玉を渡したときのことを思い出そうとする。まずしい身なりで、小汚い毛皮を腰に巻いていた。

ひたむきに農民の明日を願っていた。それだけの、一六歳。

そのおしゅんの姿と青々と繁る桑畑とがぜんぜん重ならなくて、膝立ちで両手をだらりと下げ、世にも間抜けなポーズで小林有也と少年を交互に見ることしかできない。

小林有也はここへ来てようやく感じた手応えを放すまいとするかのように、顎を引いて両足を踏ん張っている。

少年は顎を上げ、生来の強情《ごうじょ》っ張りがぷんぷん漂ってくるよう。家族思いで、こうと決めたらまわりが見えなくなる。どこか千曲に似ているような気がする。あるいはおしゅんの面影があるようなないような、どっちかっていうと千曲のばあちゃんそっくり——。

きっとさっきの揺れで落ちかけていたんだろう、井桁梁の上にひっかかっていたものがぽとん、俺の眼前に降ってきた。

ダサい松本市公式キャラクターつき巾着。

すっかり色落ちしてプリント部分も剝げ剝げのぼろぼろ、だけどたしかにぷすぞうだ。

二一七年を耐え忍びなおもにこにこ笑っているぷすぞうをこれ以上傷つけないように、そうっと紐をほどいてみる。

虫食いだらけの紙包みの中の凍み餅は影も形もない。カビと、粉っぽい何かの成れの果て。それは紙を開いたそばから風に散って天守六階に積もった埃と同化した。

巾着の中にはもうひとつ、折り畳んだ紙が入っていた。

触っただけで折り目からほぐれてしまいそうだ。

そこに書かれた文字は日光と湿気による侵食から免れて、はっきりと残っていた。

信州大学理学部　判定　A
格子窓から漏れ入る陽射しのなかで、凍み餅の残滓が鱗粉のようにきらきら舞っていた。

小林有也の姿もまた、光の粒となって散っていく。自分の体を見下ろすと、同様に粉々にほぐれつつある。

用済みになったマーカーが取り除かれようとしていた。

15　起点

ぐらっと視界が揺れた。

地震だ、と思ったのは一瞬のことで、揺れはすぐにおさまり、冷や汗をかいた人々はいっせいに照れ笑いと安堵のため息を漏らした。

「みなさん、大丈夫ですか。転んだり怪我をなさったり――していないみたいですね。今、みなさんが実際に体験なさったように、松本は地震の地です。牛伏寺《ごふくじ》断層をはじめとして、構造線の断層群が市内を走っています。松本城が建っているのはその東側、扇状地の砂礫層の上です……」

ガイドの声はその内容とはうらはらに観光客に安心感を与えていた。

俺は階段の手すりにしがみつき、じっとり汗ばむもう一方の手に重さを感じている。

「あだだだ、痛いって」

階段の下から抗議の声があがった。

「巾上君、腕、腕がもげる」

千曲の細っこい腕を引っこ抜かんばかりに掴んでいた。

自分の腕を奪還した千曲は俺を押しのけて大天守最上階の床に踏み出し、お返しとばかりに俺を引っぱり上げた。

千曲だ。

千曲がいる。

両足を踏ん張って立っている。二一世紀の松本城天守閣最上階に立っている。

「……明治の修理で倒壊を免れたものの、昭和の世をむかえ太平洋戦争が終わるころには松本城の傾きは看過できないほどになっていました。ＧＨＱの美術顧問であったチャールズ・Ｆ・ギャラガーが松本の地に視察に訪れたさい、その荒廃ぶりと傾斜を危惧し、解体修理の必要を文部省に勧告しました。

それをきっかけとして国の直轄で着工したのが昭和の大修理です。

大きく傾いていたからこそチャールズ・Ｆ・ギャラガーの目にとまったと思うと少し複雑ですね。

傾きの元凶である支持柱が埋め込まれている石垣内部の掘削、ボーリングによる地質調査が行われ、腐食した支持柱のかわりに鉄筋コンクリート製の柱が埋め込まれました。

あわせて破風の復元。壁、瓦屋根の修復。乾小天守、辰巳附櫓《たつみつきやぐら》、月見櫓の工事が行われ、昭和三〇年、竣工の運びとなりました……」

ガイドの説明は団体客の興味の表面をするする滑って、天守閣最上階の屋根を支える桔木のあたりに消え入った。満員御礼、観光客はめいめいに四方の格子窓に取り付き、松本市内を鳥瞰している。北西の窓から吹き込んでくる乾いた風が彼らの熱気を運び去り、四〇〇年を耐え抜いた古城の上空へと帰っていった。

「……そして明治の版籍奉還のさい大町の川井家が預かった二十六夜神も遷座され、今も天守を見守っているのです」

観光客がいっせいに頭上を仰ぐ。井桁梁の上の小さな祠。

その真下で、千曲はにんまりと笑った。

「巾上君は泣き虫だなあ」

うるさい。泣いてんのはそっちだろ。笑いながら泣くなんて器用な奴だ。

着物の袖で顔をぬぐおうとしてそれがないことに気づき、手の甲を使う。バカだな、Tシャツの袖なんかじゃ顔の半分も拭けない。

手の甲に、自分の顔があるのをたしかに感じる。千曲の手のひらがぽんぽんと俺の脳天を叩いているのも感じる。

もともとの、時様体だ。もとの時管にある、俺と千曲の肉体だ。

俺が最後にいた培養複製時管は晴れて選ばれて、本家本元の時管に移植された。もうマーカーは必要ない。

マーカーに使われた時様体――江戸時代で鈴木伊織をやっていた俺――は役目を終えたのだ。

マーカーは複製だ。それらはたしかに俺自身であったのだけれど、廃棄処分になったんだか、再利用のために分子レベルまですり潰されたんだか知らないが、その肉体は移植時に除去された。勢高の処刑場で首を落とされる寸前だった千曲もまた、取り除かれた。

複製された時様体が崩壊するとき、そこに宿る意色は一番近い時管にいる時様体の意色に吸収される。

この場合、一番近い時管っていうのは、本来の時管だ。蛾たちが救おうと奮闘していた、この時間だ。

俺たちは、もとの世界に戻ってきたのだ。

桑を植え蚕を育てるように、それぞれがそれぞれの立場で格闘した結果、生き延びる力を得た世界に。

ぐっと踏みしめる俺の両足を、大天守六階の床が力強く受け止めている。

ガイドの説明と北アルプスを望む展望に飽き飽きした観光客は狭い階段を順繰りに下りていく。登ってくる人とのすれ違いに苦心し、家族がちゃんとついてきているか振り返りながら。苦労しいしい登った天守閣をまた下りるのかと辟易している顔もちらほらある。

そのなかに上下ジャージの茶髪が見えた。

「おい、あんた――」思わず声をかける。

しかし茶髪は押し合いへし合い地獄の階下に消え、その顔までは見えなかった。

その川井八郎三郎という名前ではない男。

その後を追おうとしたが、子供に追突された。人の流れの邪魔になっている。あわてて脇に退くと、強引に階段を下りようとする子供を追いかけて若いお母さんがすっ飛んできた。そのうしろで若いお父さんが両手に荷物を抱え、げっそりとやつれている。疲れ切っているのに妙に安堵した表情を浮かべて。

乾小天守の一階で走り回る子供をふん捕まえて俺に謝ってきた男だ。

長い、長い旅の目的地に辿り着いたところ。

ふと目があったのもつかのま、やんちゃ盛りの子供を抱え上げて階下に下りていく。

今は小林有也ではない男。

あたりを見回し、ぎゅう詰めの観光客のなかに探す。やたらと多い中国人がハンカチを顔の前で扇いでいる。カメラを構え、家族写真を撮ろうとチャレンジしている。頭ひとつぶん飛び出た白人の男が大袈裟なジェスチャーで連れの気を引こうとしている。

このなかにほかのマーカーもいるかもしれない。俺が会っていないだけで、貞享三年で右往左往した人が。

だけどもちろん、そんなのわかるわけない。向こうが俺を知っているとしたって、もしやあなたは鈴木伊織さまなのでは、と聞かれたら、俺は巾上岳雪だと答えると思うし。

「見て見て、巾上君、うちが見えるよ」

北の格子窓にとりついて千曲が手招きしている。

知ってるよ。

かつて広大な桑畑だった北の斜面には新興住宅地ができて、山すそは水田に変わっている。あと半月もすれば稲刈りの時季だ。青々とした稲穂とバカみたいに青い空のツートンカラーが広がっている。じゃなかったらりんご畑に桃畑だ。千曲のばあちゃんの地所はやや西寄り、わずかに桑の木と果樹を残すほかは草ボーボーの遊休地になっている。

その両脇に流れているのが女鳥羽川と大門沢川。三〇〇年前と変わらないのはそれだけだ。千曲のもとへと、入れ替わり立ち替わりする観光客の人いきれを掻き分ける。お昼はやっぱり蕎麦よねというおしゃべりと知ったかぶりのうんちくが飛び交い、運動不足を笑い話にする浮かれた顔のなかにときおり疲労しきった顔が入り交じっている。あたりをきょろきょろ見回している女性と、目を閉じて天を仰ぐ男と。そのなかに、多田加助によく似た小柄な男がかすかに微笑んで人ごみに紛れていった。

俺たちはマーカーの役目を放免されてどうやら自分の人生に戻ったらしいが、全部を取り戻したわけじゃなかった。

どういうわけか俺の片目の角膜は傷ついたままで、しばらく病院通いを余儀なくされた。幸い傷は浅く雑菌も入っていないようで、治る見込み充分だそうだ。よかったよかった。初期の処置がよかったのだろうと医者は言っていた。

おかしな話だが、俺は傷が消えるのが心苦しいような気がしている。もちろん失明したいわけじゃないけれど、すぐ隣に光も死に絶えた世界があるんだと体感できなくなるのはなんだか怖い。

千曲はばあちゃんに巾着をなくしたことを詫びた。

松本城に隣接する博物館にぼろぼろの巾着の写真が展示されていて、明治時代に川井家が大切に保管し今は天守六階の祠に座する二十六夜神の御神体だという説明とともに、巾着の紋様をヒントに松本市の公式キャラクターが図案化されたというエピソードが紹介されていたが、それはまた別の話。

「これで信州大学とつながりができちまった」とばあちゃんは言った。

気が早い。

まだ、たかが模試でA判定を取っただけだ。入試の本番はこれからだし、なんとか入学にこぎつけても期末ごとの試験、専門課程での課題のクリア、試練は山積みだ。そのあとだって就活、卒論、やっかいで面倒くさい問題が列をなしているに違いない。

信大が先鋭科学融合研究支援センターを設立してつつがなく運用しはじめるのはもう少し先になるだろうし、そこで奮闘されるはずの研究が実を結んで俺たちの生活に降りてくるのはほんとにずっと先。

だいいち、それ以前に俺自身の卒論と就職がひかえている。ここが踏ん張りどころと千曲をビシバシしごく役目もある。

夏休みももう終わり、松本城を賑わせた旅行客も日常に戻り、明日の糧を心配するときだ。

明日は二十六夜、その次の二十六夜を過ぎたら北アルプスが初冠雪するだろう。その尾根に刻み込まれた叫びはどこか高いところでこだまし続ける。

年貢減免二斗五升。
世界が冷えきっていくそのさなかにだってきっと、その叫びを聞く。

本書は書き下ろし作品です。

この作品はフィクションです。実在の人物、地名、団体、事件等とは一切関係ありません。

松本城《まつもとじょう》、起《た》つ

二〇一六年七月二十日　印刷
二〇一六年七月二十五日　発行

著　者　六冬和生《むとうかずき》

発行者　早川　浩

発行所　株式会社　早川書房

郵便番号　一〇一‐〇〇四六
東京都千代田区神田多町二ノ二
電話　〇三‐三二五二‐三一一一（大代表）
振替　〇〇一六〇‐三‐四七七九九
http://www.hayakawa-online.co.jp

定価はカバーに表示してあります

印刷／信毎書籍印刷株式会社　製本／大口製本印刷株式会社

ISBN978-4-15-209628-9 C0093

ハヤカワ文庫ＪＡ

〈第一回ハヤカワＳＦコンテスト大賞受賞作〉

みずは無《む》間《げん》

Mizuha Mugen

六冬和生

予期せぬ事故に対処するため無人探査機のＡＩに転写された雨野透の人格は、目的のない旅路に倦み、自らの機体改造と情報知性体の育成で暇を潰していた。夢とも記憶ともつかぬ透の意識に現われるのは、地球に残してきた恋人みずはの姿だった……。あまりにも無益であまりにも切実な回想とともに悠久の銀河を彷徨う透が、みずはから逃れるために取った選択とは？

ハヤカワSFシリーズ　Jコレクション

地球が寂しいその理由

THE REASON THAT THE EARTH FEELS LONELY

六冬和生

46判変型並製

地球と月を統括する量子コンピュータのＡＩ人格は双子の姉妹だった。姉のアリシアは優等生タイプ、妹のエムは脳天気ガールで、毎日喧嘩ばかり。月のヘリウム３採掘権をめぐる姉の申し入れに対して、妹はなんと地球のロックスターの月面公演依頼を条件にする。万事がこの調子の妹にアリシアは激怒するが、エムには姉に告げられない〝秘密〟があった

ハヤカワ・ミステリワールド

未必のマクベス

早瀬　耕

46判上製

中井優一は、東南アジアを中心に交通系ＩＣカードの販売に携わっていた。ある日、彼はマカオの娼婦から「あなたは、王として旅を続けなくてはならない」と告げられる。やがて香港法人の代表取締役として出向を命ぜられた優一だったが、そこには底知れぬ陥穽が待ち受けていた。異色の犯罪小説にして恋愛小説。

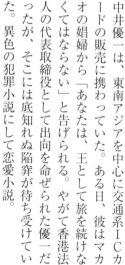